人物介紹
沃夫
故事主角。在地上撿到一個神祕的黑石頭，故事就此展開。
萊恩
在森林中與沃夫相遇，是光頭村的戰士。
安德
皮斯村的村長。
翠絲佛
皮斯村的魔女。

熱火
安德的哥哥。
斯拜
皮斯村的智者。
加德曼
光頭村的首領。
其爾貝
皮斯村的鐵匠。
席夫
皮斯村的戰士。
達特
原為光頭村的人。現被囚禁於皮斯村。
渥德・皮格
皮斯村的戰士。
古拉斯・皮格
皮斯村的戰士。
貝克・皮格
皮斯村的戰士。

前言

《w》第二集登場了！
請各位繼續跟隨沃夫的腳步，
探索這個未知的世界吧！
希望各位讀者能夠喜歡上故事中的角色！

再次感謝支持《w》的各位！
依舊請你們多多指教！

目錄

第21話　路上都可以撿到　008
第22話　請饒我一命！　019
第23話　來拍個照吧！　030
第24話　這個東西會改變世界　042
第25話　朋友　053
第26話　手機沒電　064
第27話　可是你有頭髮啊　075
第28話　巫師與魔女　086
第29話　很大的遺憾　097
第30話　天亮之後　108
第31話　妥協　119
第32話　我會帶著妳　130
第33話　每個人的心　139
第34話　不要害怕！　150
番外篇Ⅰ　四格短篇　160
番外篇Ⅱ　可以改變世界的人　166

第 21 話　路上都可以撿到

地圖：

人們會利用獸皮記錄已探索的地形與環境，
以便日後的利用。

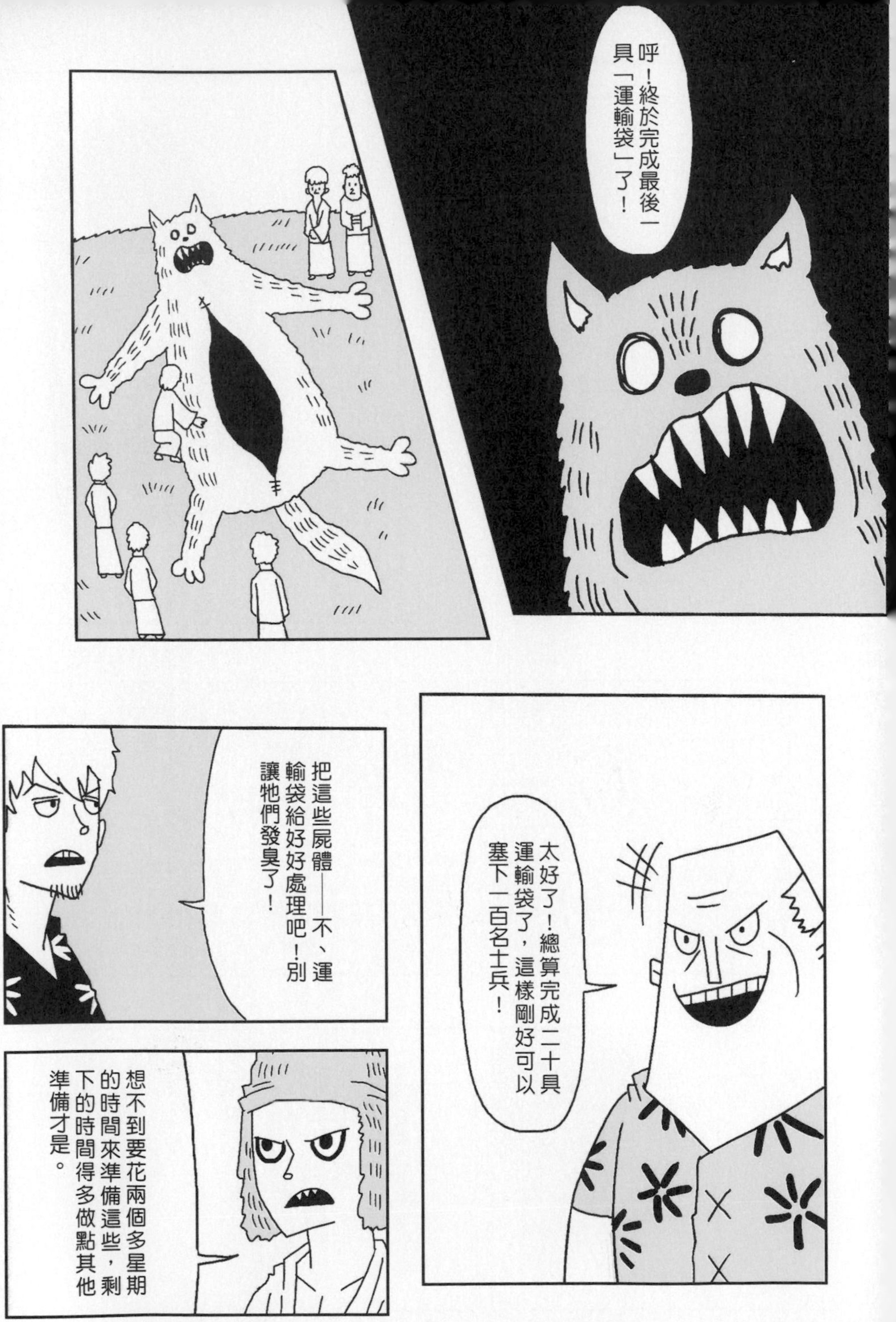
呼！終於完成最後一具「運輸袋」了！
太好了！總算完成二十具運輸袋了，這樣剛好可以塞下一百名士兵！
把這些屍體──不、運輸袋給好好處理吧！別讓牠們發臭了！
想不到要花兩個多星期的時間來準備這些，剩下的時間得多做點其他準備才是。

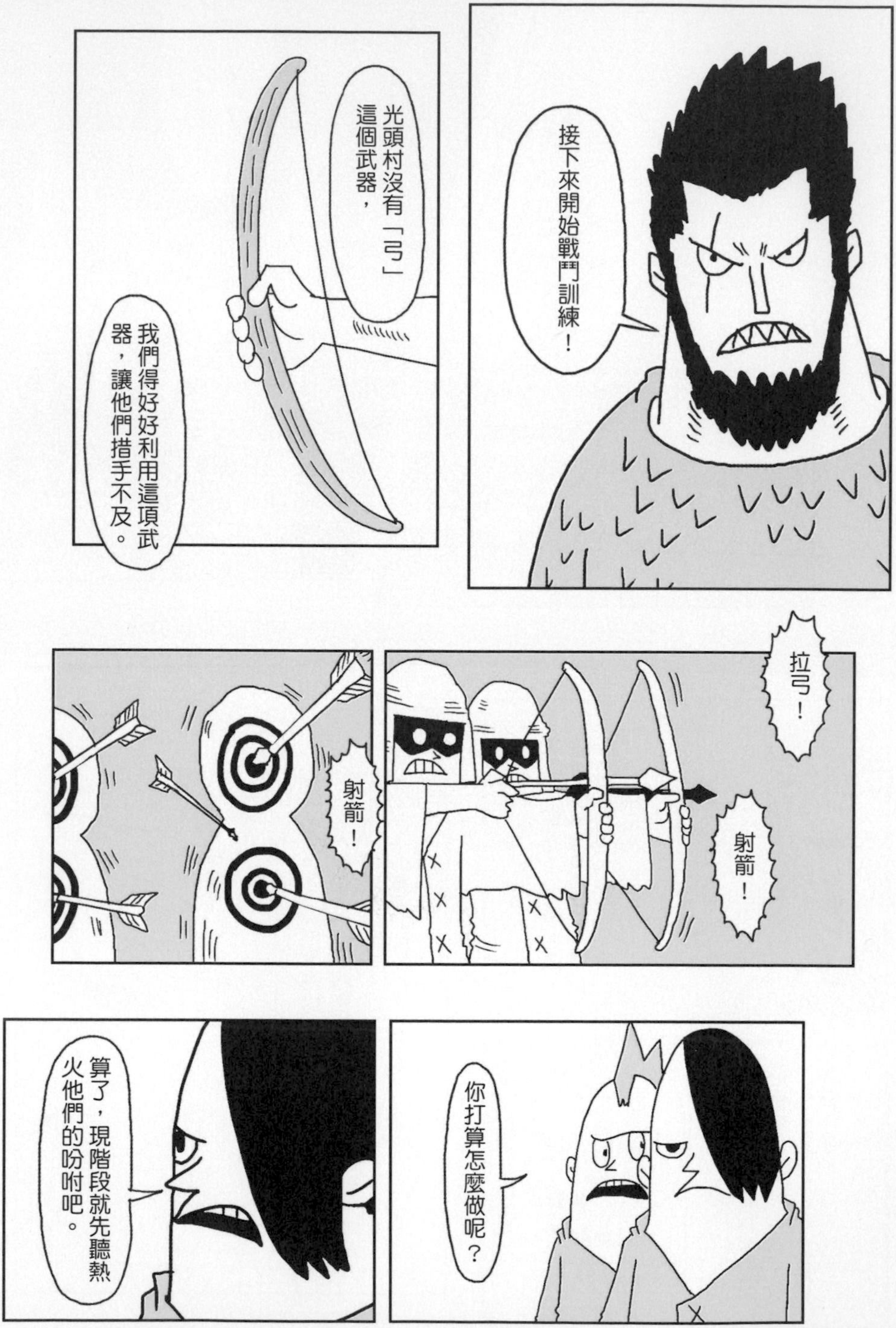
接下來開始戰鬥訓練！
光頭村沒有「弓」這個武器，
我們得好好利用這項武器，讓他們措手不及。
拉弓！
射箭！
射箭！
你打算怎麼做呢？
算了，現階段就先聽熱火他們的吩咐吧。

妳在這裡啊！
妳一個人在這邊，是在用妳的能力預知未來嗎？
哎呀，被你發現了！
是說，時間過得真快，已經兩個多星期了。
等到事情都結束之後，你有什麼打算呢？
結束之後嗎……

我會繼續跟隨著沃夫大人。
你真的很喜歡他呢！
到時候，我可以加入你們嗎？
妳已經加入啦！
這個黑色的石頭相當不錯啊！這是從哪裡來的？
這是我在路上撿到的，我還撿了一大袋！
真不愧是巫師啊！路上都可以撿到！

這袋石頭有辦法變成武器嗎？
不過，您想要做什麼樣的武器呢？
當然可以！做出來的武器絕對很強悍！一想到我就熱血沸騰了呢！
嗯……讓我想想。
自從巫師和萊恩來了之後，翠絲佛顯得格外開心呢。
是啊，她很喜歡黏著他們呢，這樣也好啦！
希望這一切都能夠順利進行啊！

等時機成熟，我就要把那個巫師給殺了。
……！
你也知道那個傳聞吧？誰殺了巫師，誰就可以獲得巫師的法力！
但那說不定只是謠言而已。
不去試試看怎麼會知道呢？
獲得法力之後，我就能靠自己的力量來保護皮斯村了！
不用再擔心自己的力量不足了！對吧？熱火！

我不想再因為自己的無能，讓任何人死在我面前了！
而且，等我有了法力，就可以幫你分擔一些責任了。
村莊的人和巫師都相處得不錯，你這樣做，會有很多人恨你的。
要恨就讓他們恨吧！我可是為了整個村莊好啊！
為了自己的村莊做這些事情難道有錯嗎？到頭來，村民們還是一樣需要被我們保護啊！
萬一那真的就只是個謠言呢？
不會有那個萬一。
如果有，只能怪我運氣不好囉！

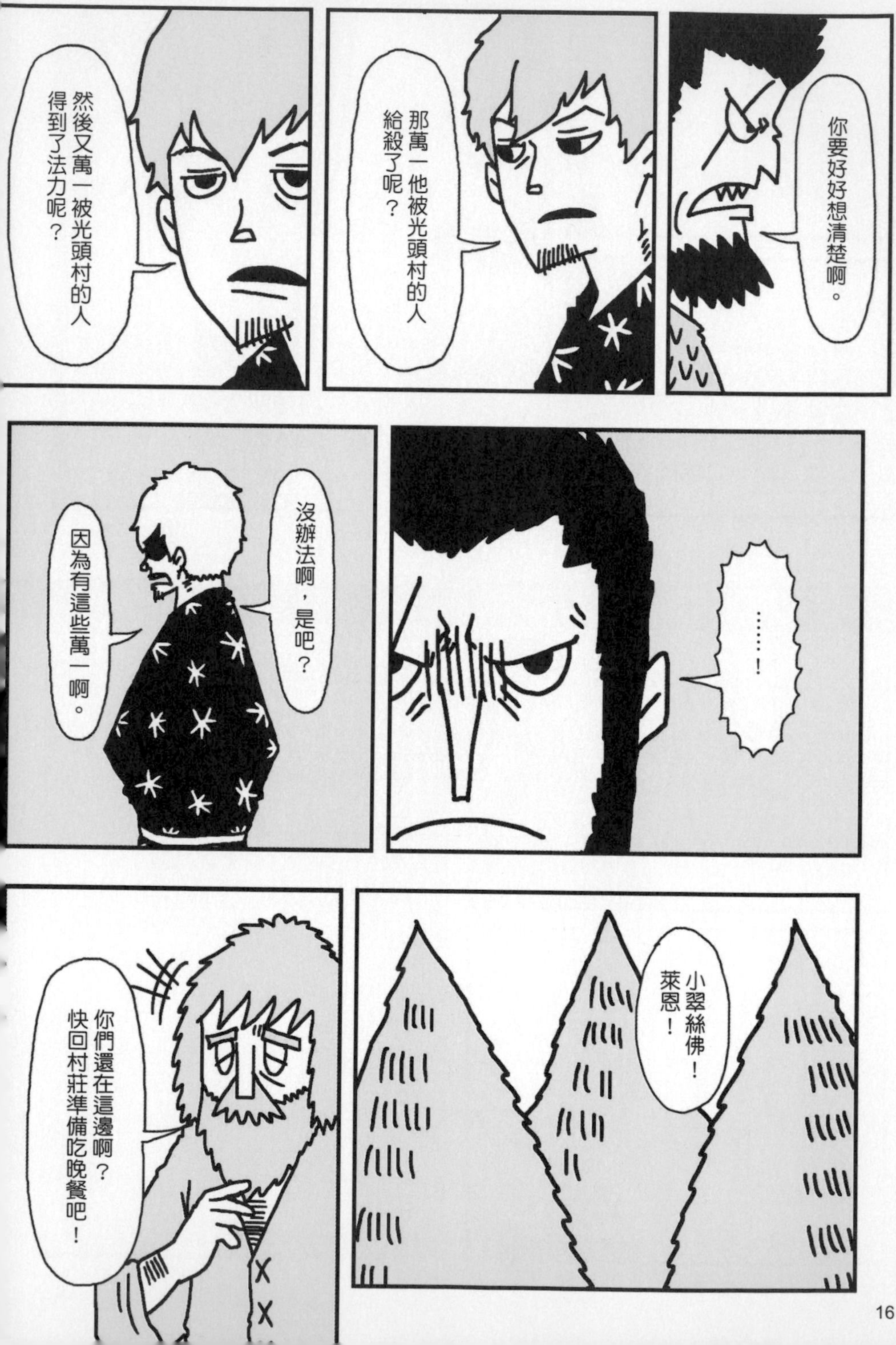
你要好好想清楚啊。
那萬一他被光頭村的人給殺了呢？
然後又萬一被光頭村的人得到了法力呢？
……！
沒辦法啊，是吧？
因為有這些萬一啊。
小翠絲佛！萊恩！
你們還在這邊啊？快回村莊準備吃晚餐吧！

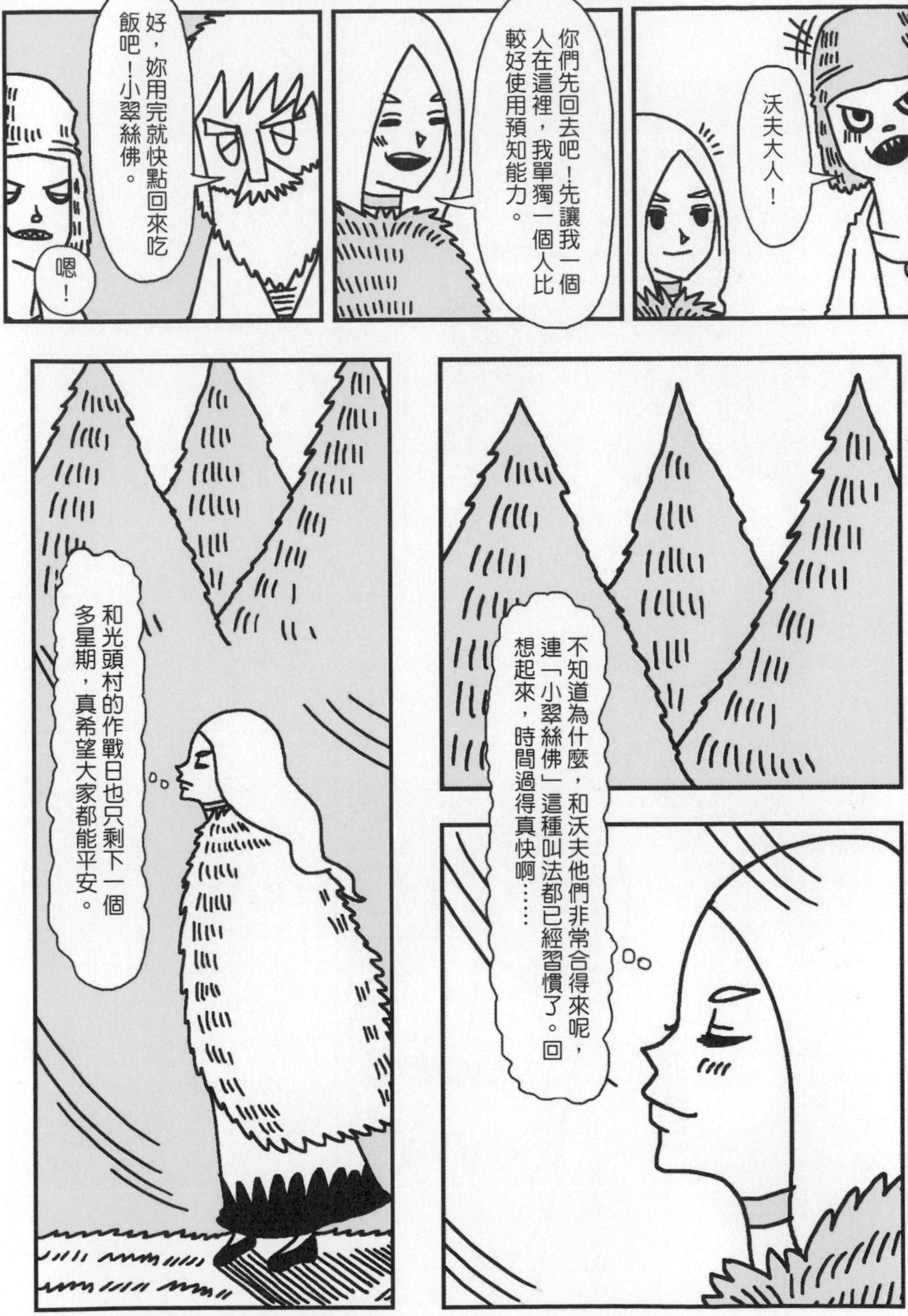
沃夫大人！
你們先回去吧！先讓我一個人在這裡，我單獨一個人比較好使用預知能力。
好，妳用完就快點回來吃飯吧！小翠絲佛。
嗯！
不知道為什麼，和沃夫他們非常合得來呢，連「小翠絲佛」這種叫法都已經習慣了。回想起來，時間過得真快啊……
和光頭村的作戰日也只剩下一個多星期，真希望大家都能平安。

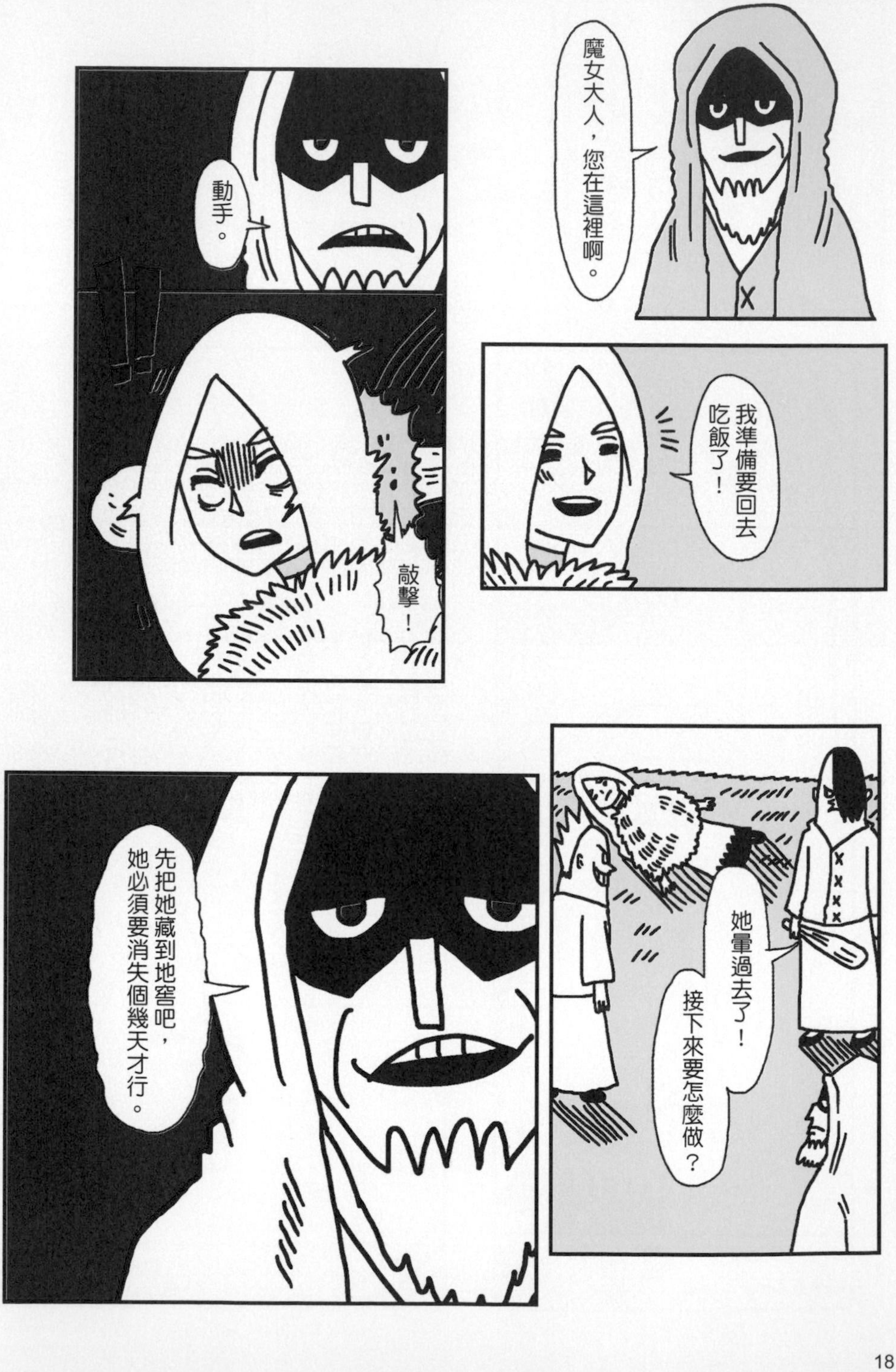

魔女大人，您在這裡啊。
我準備要回去吃飯了！
動手。
敲擊！
她暈過去了！
接下來要怎麼做？
先把她藏到地窖吧，她必須要消失個幾天才行。

第 22 話　請饒我一命！

鐵匠：

鐵匠會利用不同的礦石，鍛造各種武器與防具。
對戰士和狩獵者來說，鐵匠是不可或缺的存在。

究竟是從什麼時候開始，人類這種生物變得如此的低賤、如此的可悲？
人類連想擁有生存的權利，都要看那些獸族的臉色，多麼令人感到無力，多麼想要痛哭一場。
但是我不能哭泣，因為我還有必須要守護的人，我不能讓他們感到害怕。
就快到休息的地方了！
史蓋爾！
翠絲佛！

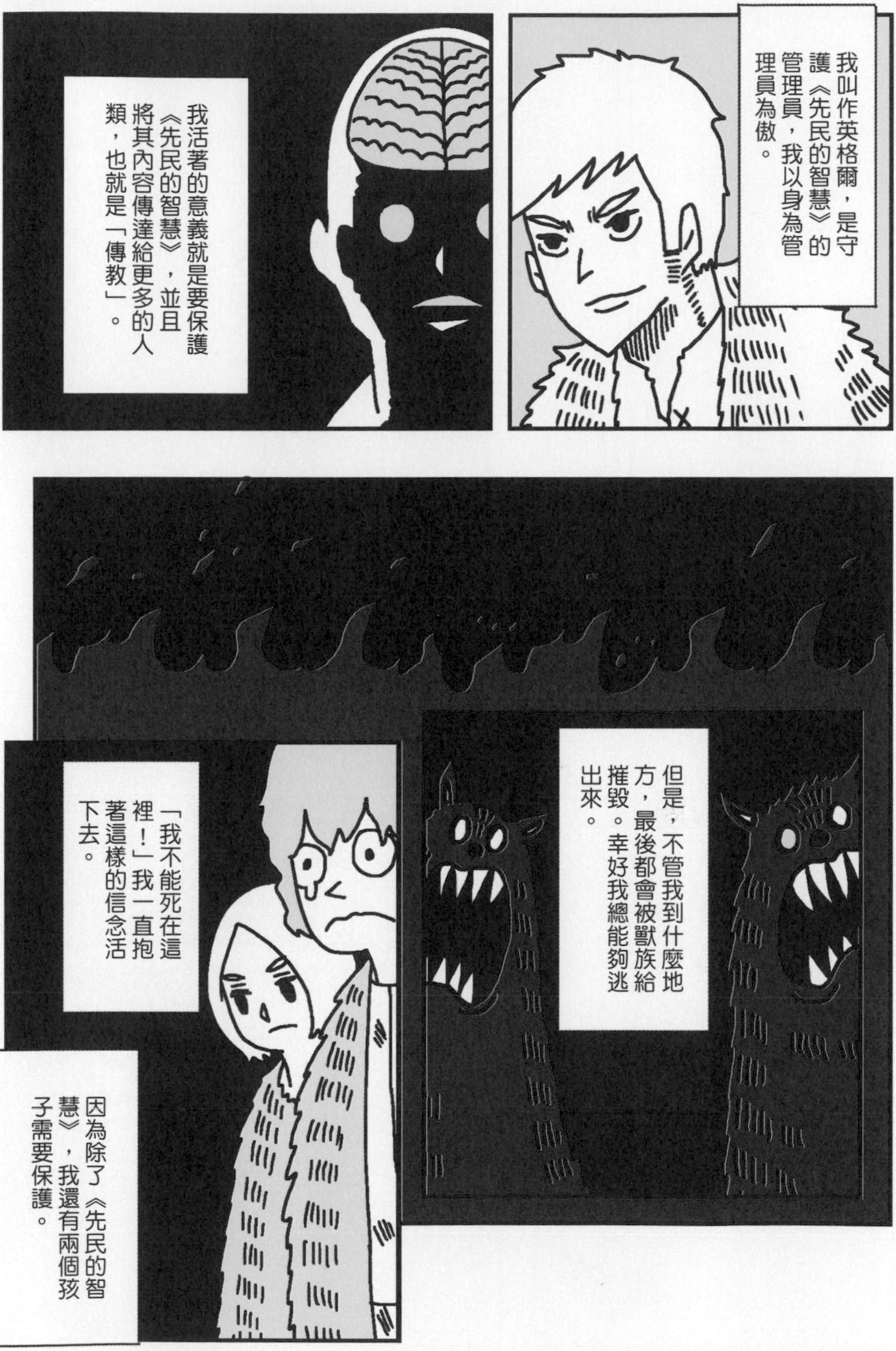
我叫作英格爾，是守護《先民的智慧》的管理員，我以身為管理員為傲。
我活著的意義就是要保護《先民的智慧》，並且將其內容傳達給更多的人類，也就是「傳教」。
但是，不管我到什麼地方，最後都會被獸族給摧毀。幸好我總能夠逃出來。
「我不能死在這裡！」我一直抱著這樣的信念活下去。
因為除了《先民的智慧》，我還有兩個孩子需要保護。

後來，我到了一個名為「鐵人村」的村莊，村莊人數大約有一百人。
令人意外的是，他們的村長和我一樣都是管理員。
原來如此，你是從那麼遠的地方過來的，真是辛苦你了！
這一區要注意的不光是獸族，還要注意一個村莊，我都稱它為「光頭村」。
總之，你就把這邊當作自己的家吧！英格倫。
從那之後，我時常把孩子留在村莊，獨自一人去傳教。
我一邊傳教，一邊招攬其他村莊的人，邀更多人加入「鐵人村」。

到最後，村莊規模已經擴大成兩百多人。
你還是決定要離開了嗎？英格倫。
是啊，我決定要去那個「皮斯村」傳教！
你多保重，有什麼問題，隨時用「信鴿」通知我！
埃諾，快來和翠絲佛他們道別吧！
翠絲佛、史蓋爾，路上小心！
英格倫先生，請您多多保重！

埃諾，我會想妳的！
下次再見吧！
一定要來喔！下次見面的時候也要留一樣的髮型喔！我最喜歡妳了，翠絲佛！再見！
就這樣，我和孩子們踏上了前往「皮斯村」的旅程，到那邊大約要花上十天的時間。
據說那是個人數相當多的村莊，皮斯村的首領「熱火與安德」，在這個地區也相當有名。
雖然只有十天路程，但這趟路上有太多未知的危險，短時間恐怕難以再回到「鐵人村」了。

沒多久，我遇上了此生中最危急的情況。
高等獸族！
啊咧？
人類？
他們的聚落隱藏在一片森林之中，是個很奇妙的建築物。
騎士大人，需要在下替您解決這個人類嗎？
我可不能死在這裡啊！而且孩子們也都在這！

不，我想要跟他們好好交流一下。
這樣好嗎？和這種低等生物……
對於人類，我可是相當好奇呢！我們就來交個朋友吧！
還請您多多包涵了！
他們擁有非常多令人難以置信的設備，而且也提供地方讓我們居住。
你真是的！
這裡好酷喔！
有好多沒看過的東西喔！

我們開始交流許多關於人類的知識，不過我並沒有讓他知道我是管理員。
他也允許我抽空到其他村莊去找尋人類。
當然，我不能暴露他的據點，而我也沒有告訴他關於我要「傳教」這件事。
這段期間，我找到了許多小村莊進行傳教，但是沒想到……
一夕之間，他就把我接觸過的村莊全部都給毀了！高等獸族的強大，完全不是低等獸族可以比擬。
BO

全都……全都毀了！
你一定覺得奇怪吧？我明明可以輕易找到人類的村莊，何必要靠你呢？
哈哈哈！就因為我想要看你這副錯愕的表情啊！沒錯，他們都是被你給害死的喔！
請饒我一命！請讓我活下去！
不管做什麼我都願意！
……！
啊咧？還滿誠實的嘛！不過我並不討厭喔！
我來想想看你能為我做些什麼事情吧！

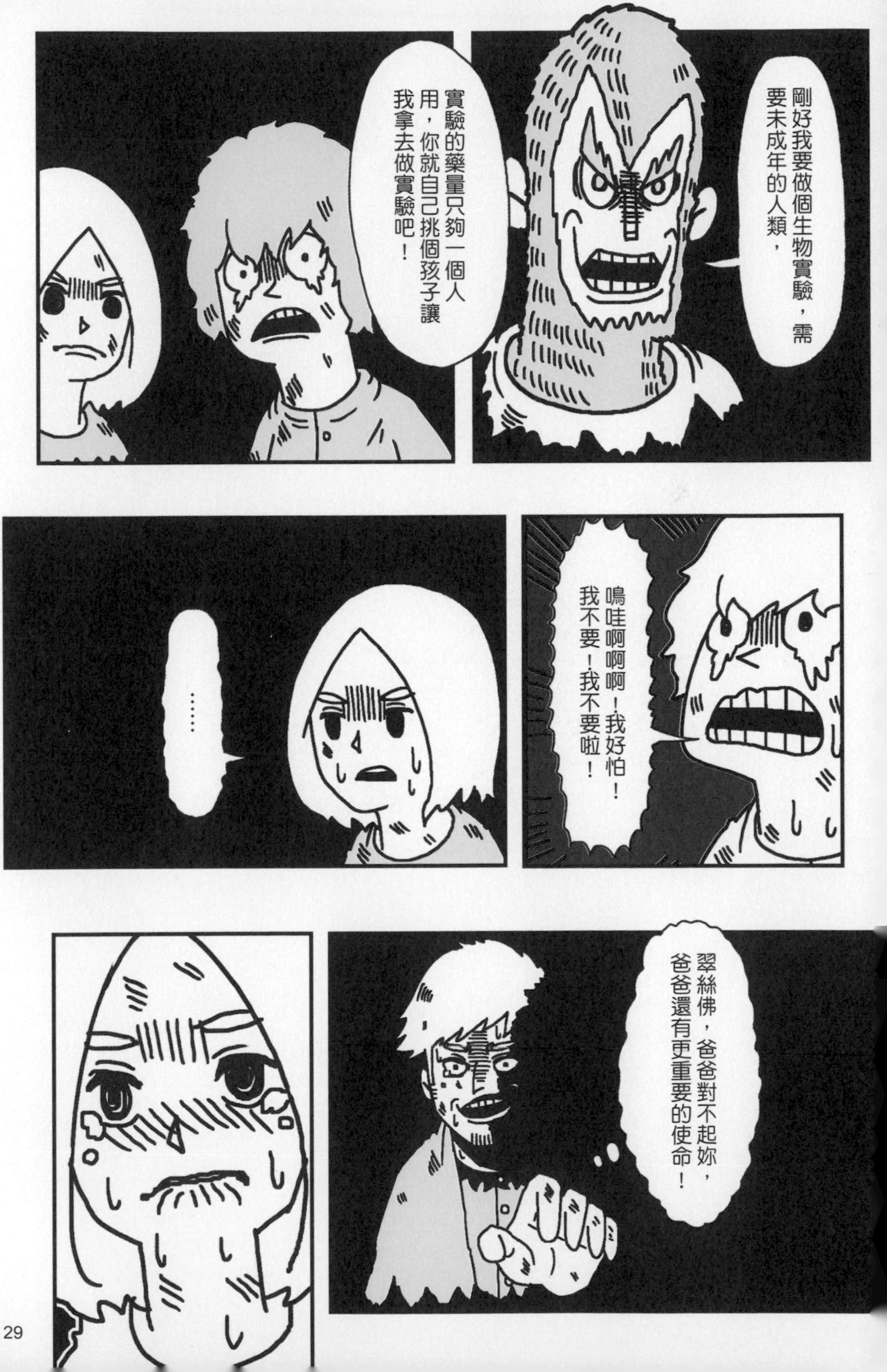
剛好我要做個生物實驗，需要未成年的人類，
實驗的藥量只夠一個人用，你就自己挑個孩子讓我拿去做實驗吧！
嗚哇啊啊啊！我好怕！我不要！我不要！我不要啦！
……
翠絲佛，爸爸對不起妳，爸爸還有更重要的使命！

第 23 話　來拍個照吧！

信鴿：

人們會利用信鴿傳遞訊息給身在遠處的人。只要將寫好訊息的獸皮綁在牠身上，很神奇的，無論對方身在何處，牠總是有辦法飛到目的地。

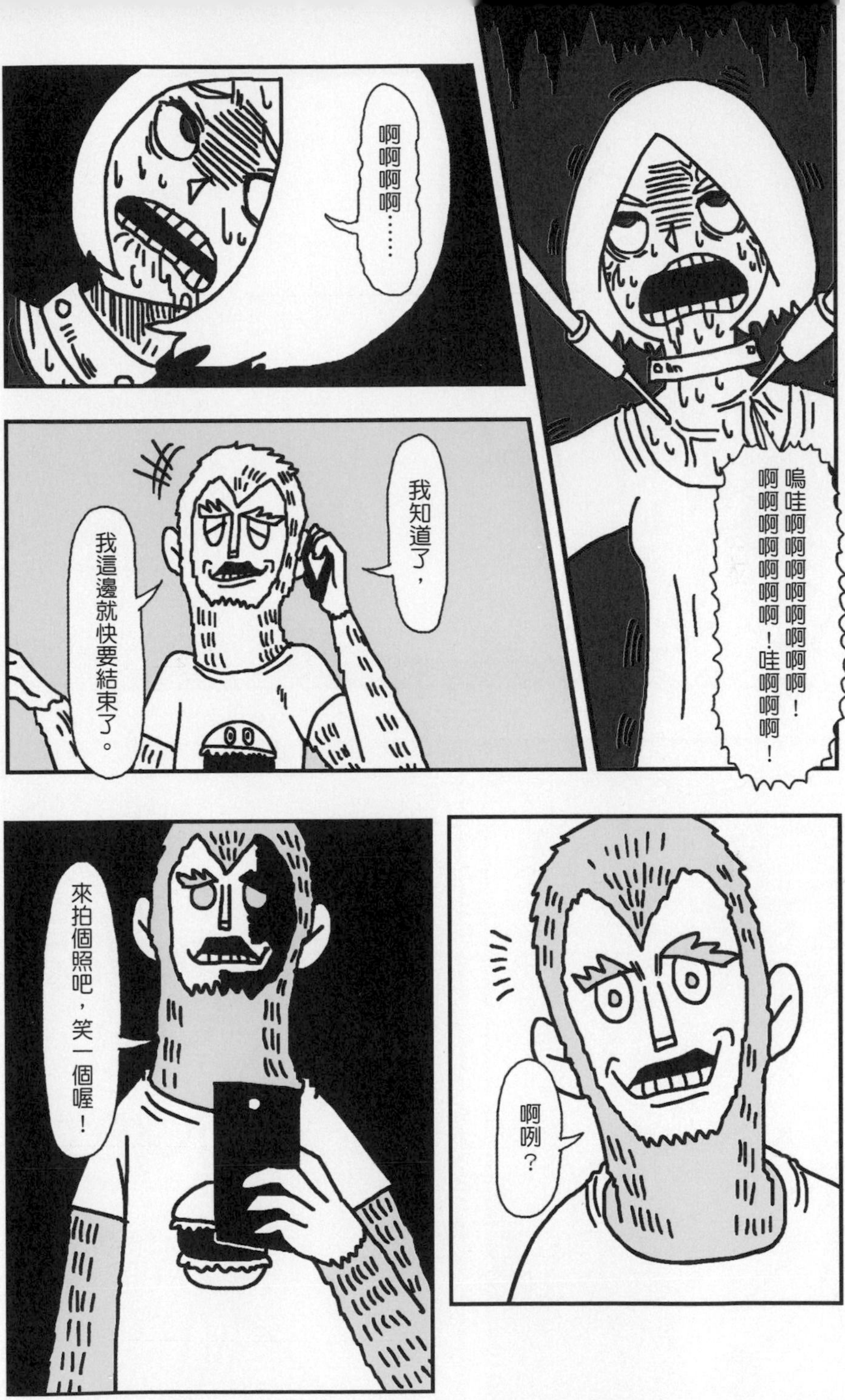

嗚哇啊啊啊啊啊啊啊！啊啊啊啊啊啊啊！哇啊啊啊！
啊啊啊啊……
我知道了，
我這邊就快要結束了。
啊咧？
來拍個照吧，笑一個喔！

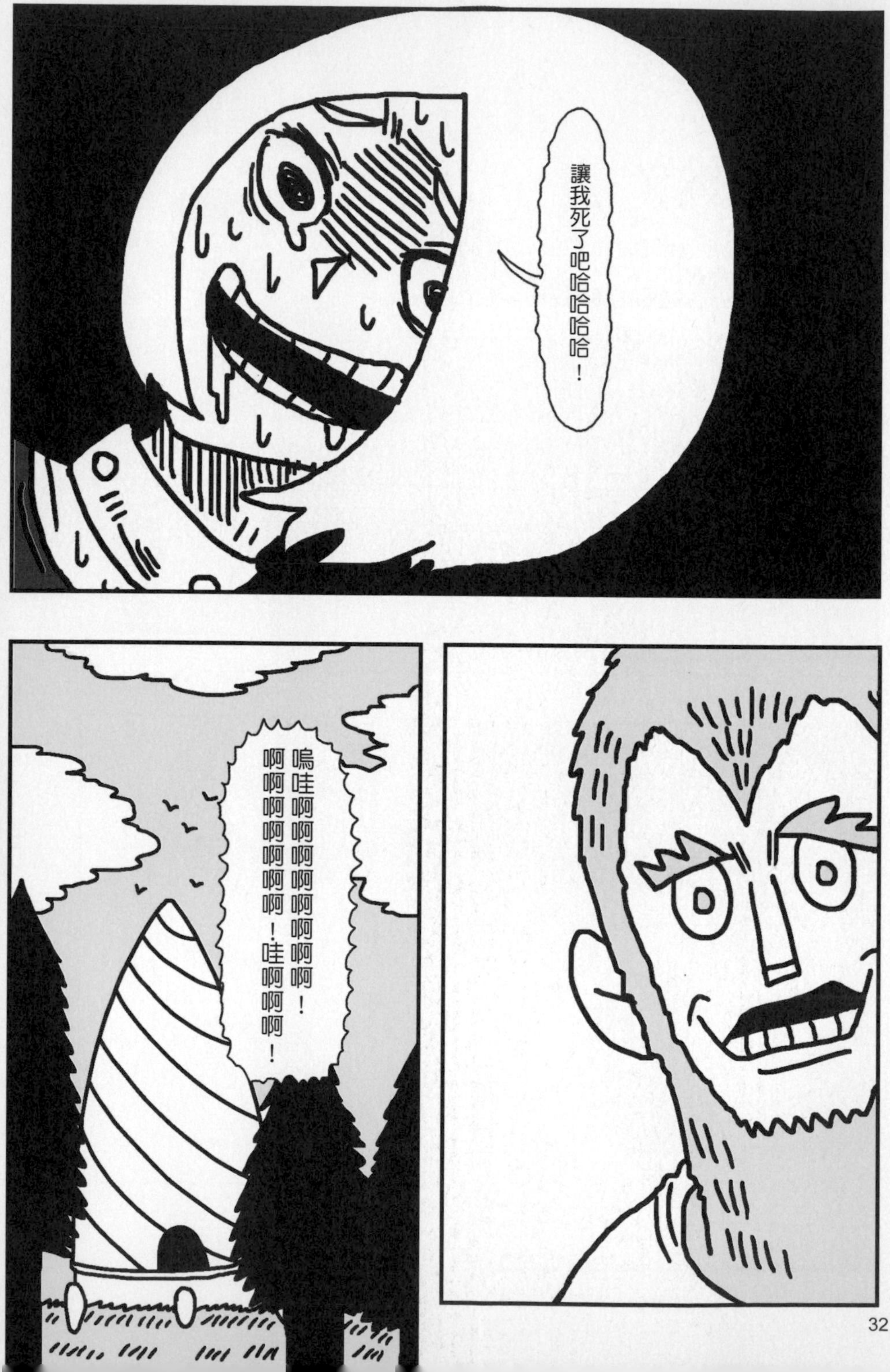
讓我死了吧哈哈哈哈！
嗚哇啊啊啊啊啊啊啊啊！啊啊啊啊啊啊啊！哇啊啊啊！

妳現在有什麼感覺呢？
……
……!
有好多、好多奇怪的聲音，一直鑽進我的腦袋裡面！

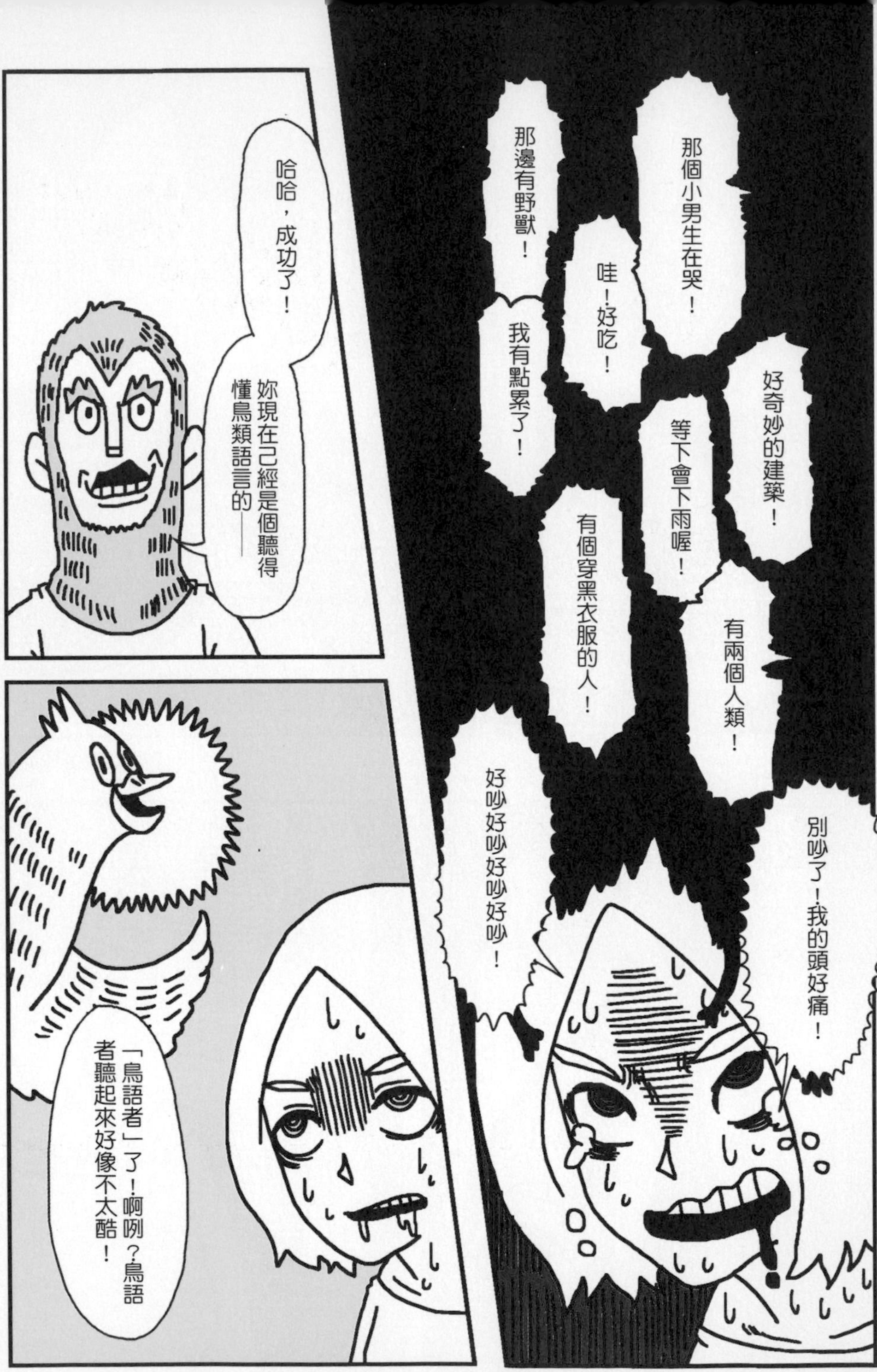
哈哈，成功了！
妳現在已經是個聽得懂鳥類語言的——
「鳥語者」了！啊咧？鳥語者聽起來好像不太酷！
那個小男生在哭！
那邊有野獸！
哇！好吃！
我有點累了！
好奇妙的建築！
等下會下雨喔！
有個穿黑衣服的人！
有兩個人類！
好吵好吵好吵好吵！
別吵了！我的頭好痛！

妳應該要感謝我，好好利用這個能力的話，還可以達到「預知」的效果呢！
說起來，妳的父親和哥哥已經拋棄了你，自己逃走了呢！哈哈哈哈哈！
昏倒
爸爸，為什麼要拋棄我?!
哥哥，為什麼不救我?!
翠絲佛！翠絲佛！
爸爸，前面有人！
一定要趕快找到其他村莊，告訴他們這些事情！只要有高等獸族，這裡就不能再繼續待下去了！

喂！別再繼續往前了，前面有高等獸族，這邊很危險！
快逃……
啊啊……哈哈哈哈哈哈！
竟然是高等獸族……老天果然不想讓我活下去嗎？
你說的高等獸族在哪裡？請帶我去吧！拜託了！

事到如今，也無所謂了。
BOOM!!!
喂，有人來了！
這不是剛才那個人類嗎？
你怎麼又跑回來了？騎士大人可是好心饒你一命啊！

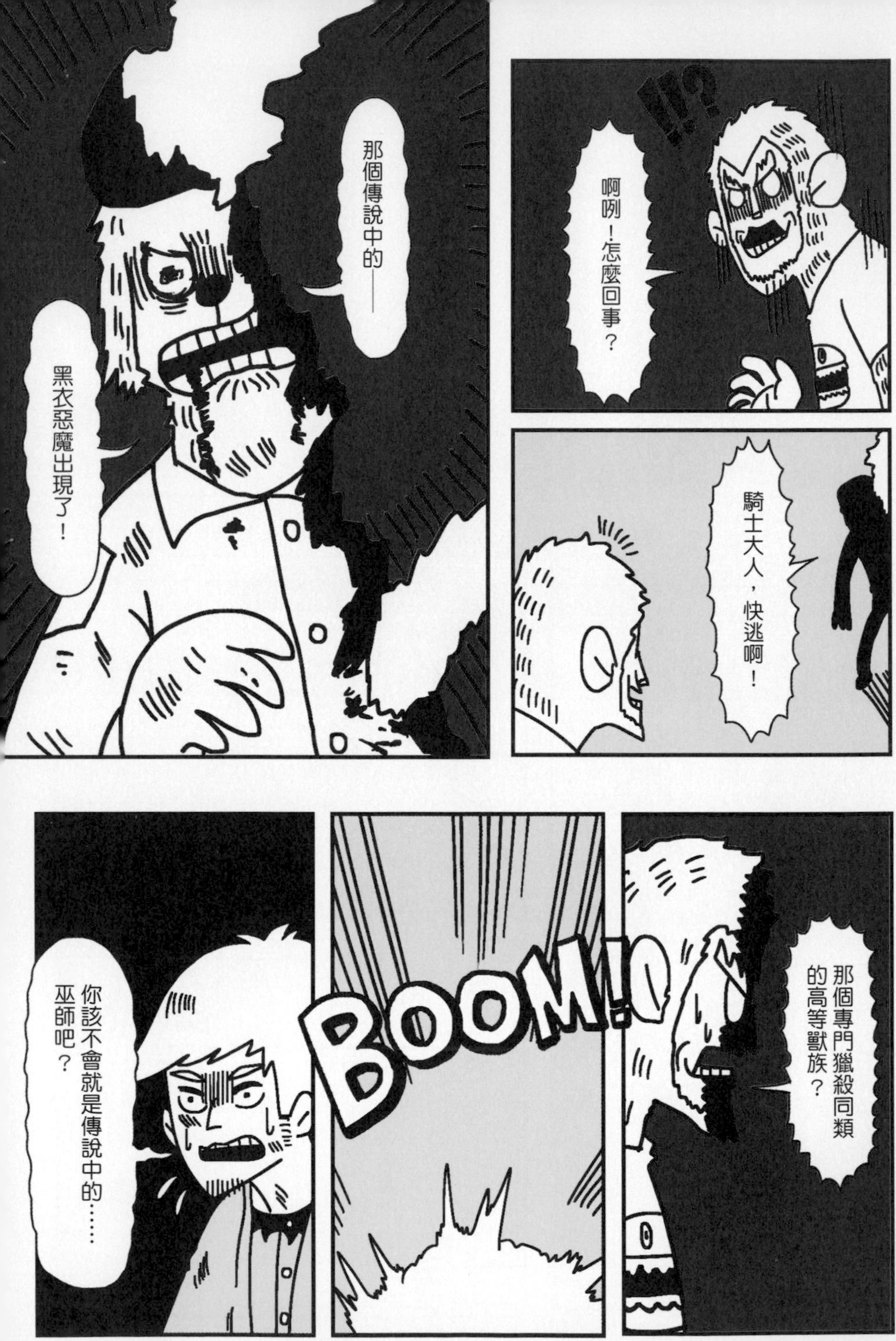
!!?
啊咧！怎麼回事？
騎士大人，快逃啊！
那個傳說中的——
黑衣惡魔出現了！
那個專門獵殺同類的高等獸族？
BOOM!!
你該不會就是傳說中的……巫師吧？

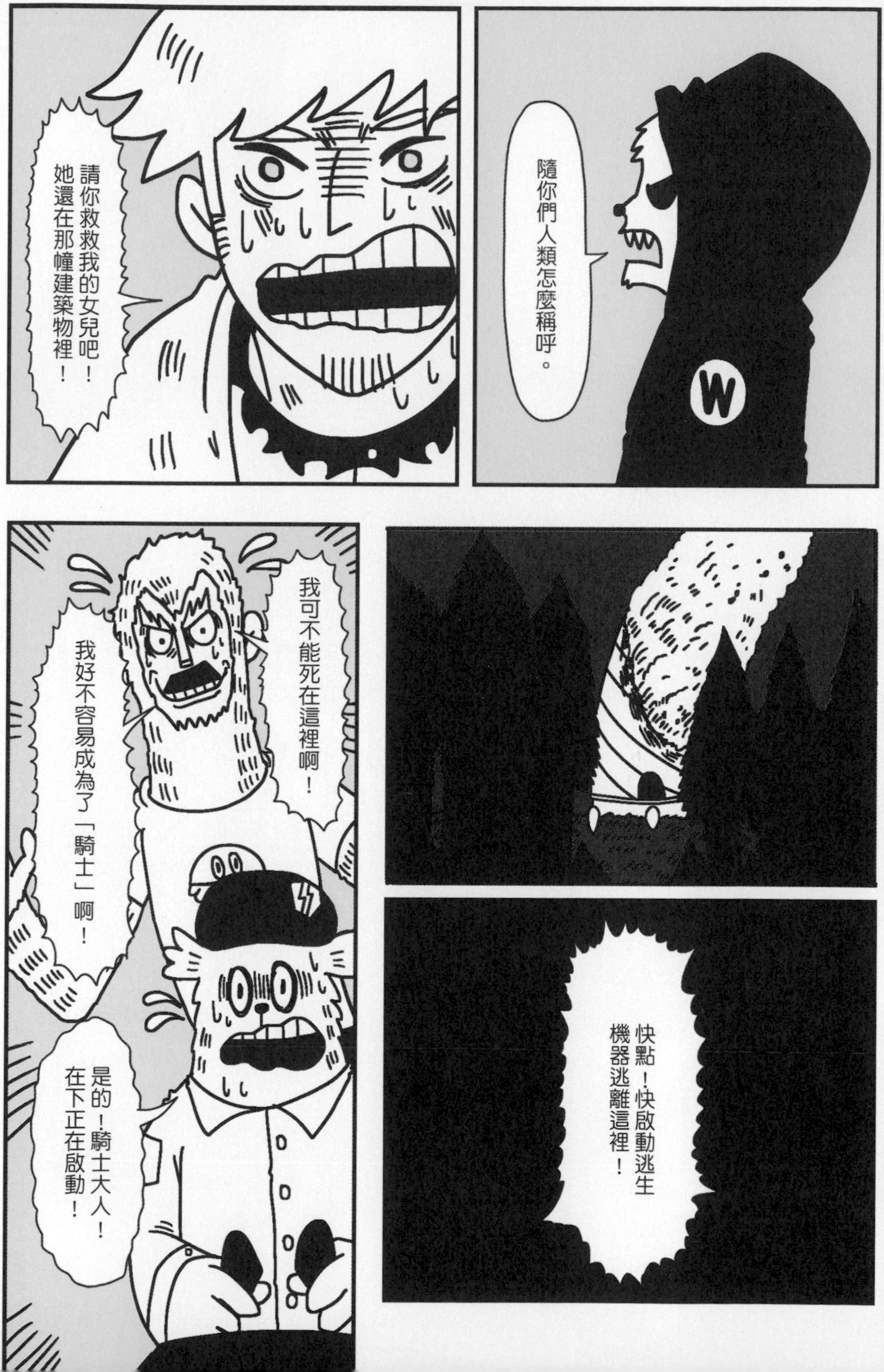
隨你們人類怎麼稱呼。
請你救救我的女兒吧！她還在那幢建築物裡！
快點！快啟動逃生機器逃離這裡！
我可不能死在這裡啊！
我好不容易成為了「騎士」啊！
是的！騎士大人！在下正在啟動！

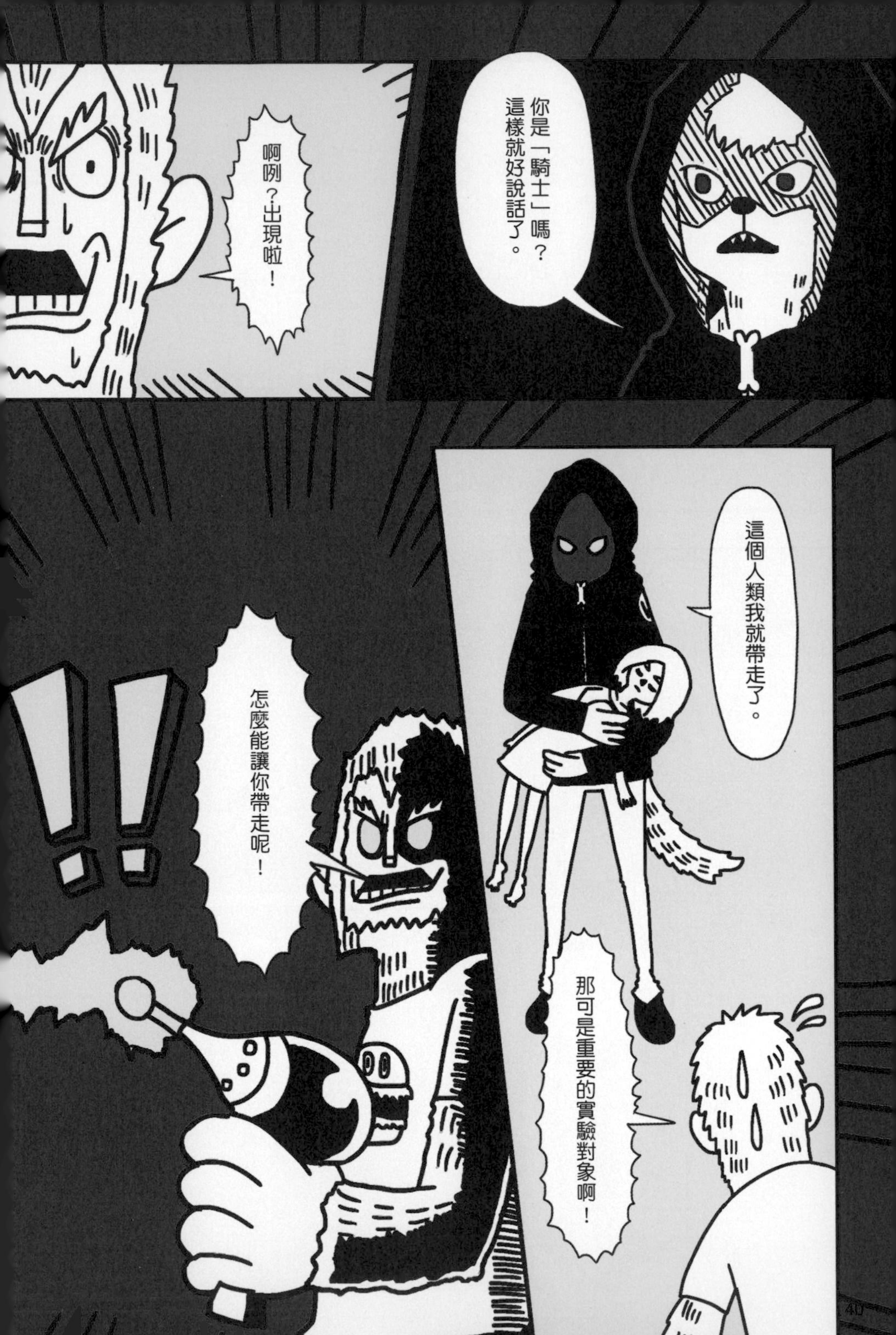
你是「騎士」嗎？
這樣就好說話了。
啊咧？出現啦！
這個人類我就帶走了。
那可是重要的實驗對象啊！
怎麼能讓你帶走呢！

BOOM!!
啊咧？啊咧？啊咧？
回到「王城」後，替我向你們的「王」轉告一聲，
W還活得好好的！

第 24 話　這個東西會改變世界

鳥語者：

高等獸族進行「人類實驗」下的產物之一。
能夠聽得懂鳥類的語言，
但鳥語者的數量，目前還是未知數。

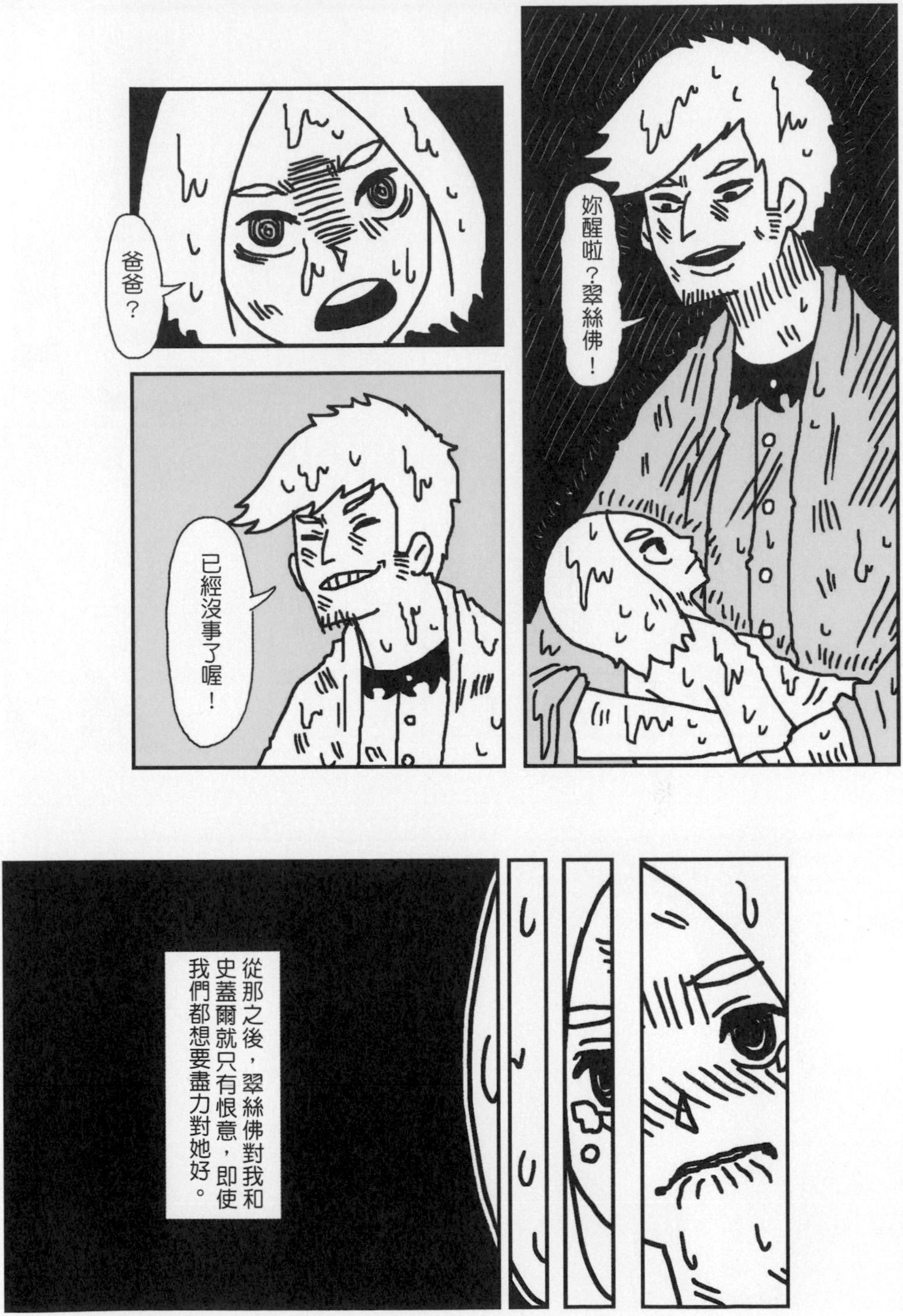
妳醒啦？翠絲佛！
爸爸？
已經沒事了喔！
從那之後，翠絲佛對我和史蓋爾就只有恨意，即使我們都想要盡力對她好。

沒多久後，我們總算到達皮斯村，村莊人數大約有三百多人。
村長安德比我想像得還要年輕。
他允許我留在這邊，於是我就展開傳教。
北方有一個名為「鐵人村」的村莊，我覺得你們可以結盟。
不，我對結盟沒什麼興趣，要不就是他加入我們！
你看看其他村莊，不是加入我們，就是被我們消滅。

不能讓他們和鐵人村接觸，
這麼看來，皮斯村的行為和光頭村不是沒有兩樣嗎？
得用「信鴿」通知鐵人村，讓他們提防皮斯村，並且告訴他們關於高等獸族的事情。
也要把這個「從高等獸族那邊偷來的東西」一起給鐵人村。
說不定這東西會改變世界！
L
R
一定要送到啊！拜託了！
翠絲佛、史蓋爾，爸爸得先離開這個村莊一陣子。

你要離開皮斯村了嗎？
沒錯，我得去警告周遭村莊的人，安德他們太危險了，我已經送信鴿過去警告鐵人村了。
妳和哥哥留在這裡比較安全，他們不會對你們怎樣。
鐵人村……我好想念埃諾，但是我現在變成怪物，已經沒臉見她了。
接著，我就悄悄離開了皮斯村。
唰！
嗚呃！弓箭？

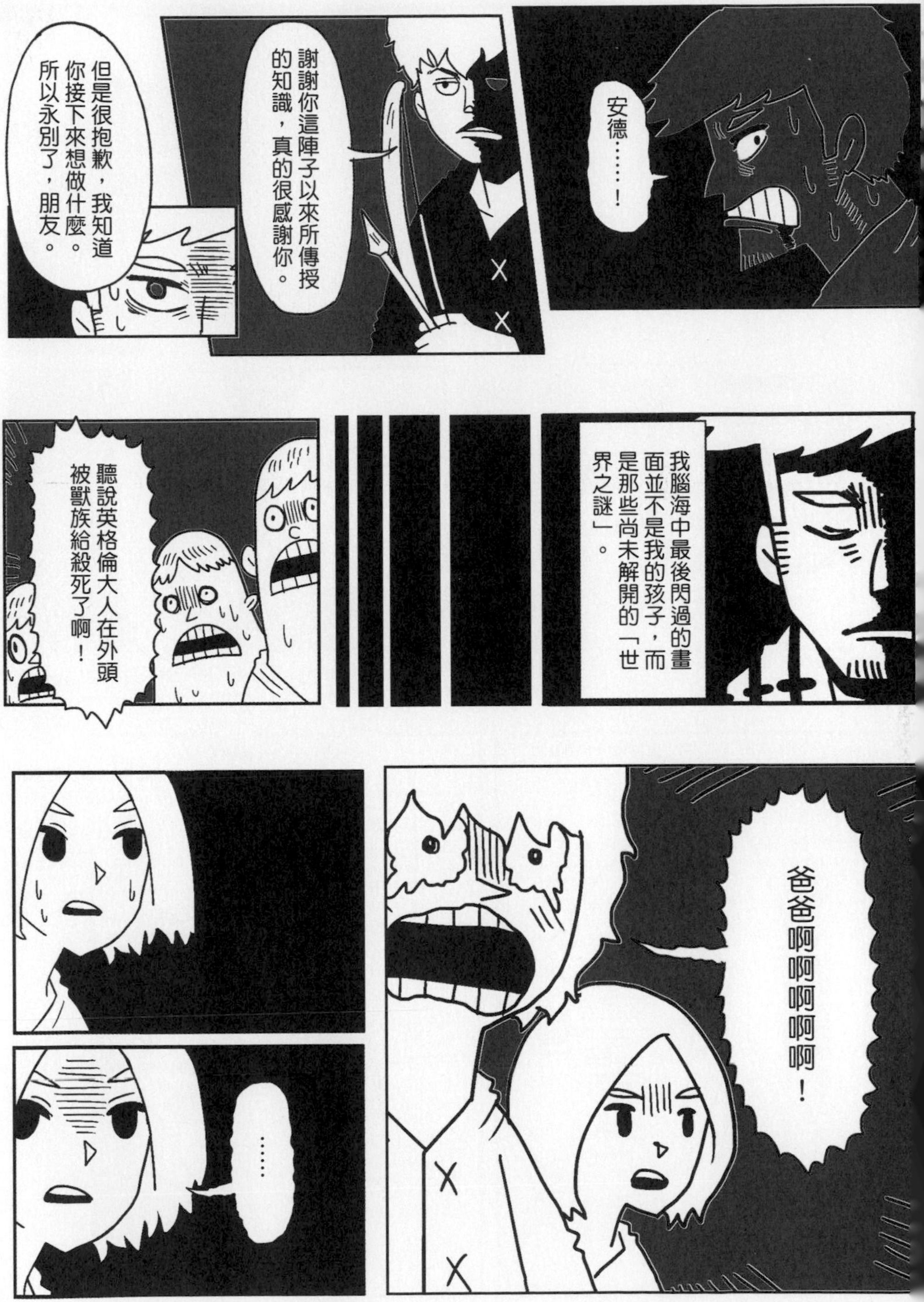
安德……！
謝謝你這陣子以來所傳授的知識，真的很感謝你。
但是很抱歉，我知道你接下來想做什麼。所以永別了，朋友。
我腦海中最後閃過的畫面並不是我的孩子，而是那些尚未解開的「世界之謎」。
聽說英格倫大人在外頭被獸族給殺死了啊！
爸爸啊啊啊啊啊！
……

不能相信任何人了啊。
父親死後，皮斯村的人對我和史蓋爾都很好，當然，不會有人相信是安德殺了我的父親。於是就這樣過了好幾年。
我們的村莊現在有五百人了！
要拿下鐵人村已經不是什麼難事了！
果然還是這樣嗎？

那麼，就由熱火帶隊去「狩獵」鐵人村吧！
是一大群光頭耶！
他們好像是往皮斯村的方向前進耶！
好可怕喔！
皮斯村有危險了！
上天保佑！
……！
安德，光頭村的人要來攻打皮斯村了！對鐵人村的「狩獵」先暫緩吧！
這是我第一次在大家面前說出我聽到的「鳥語」。
妳在說什麼啊？你們父女倆真的很關心鐵人村呢，真是的！

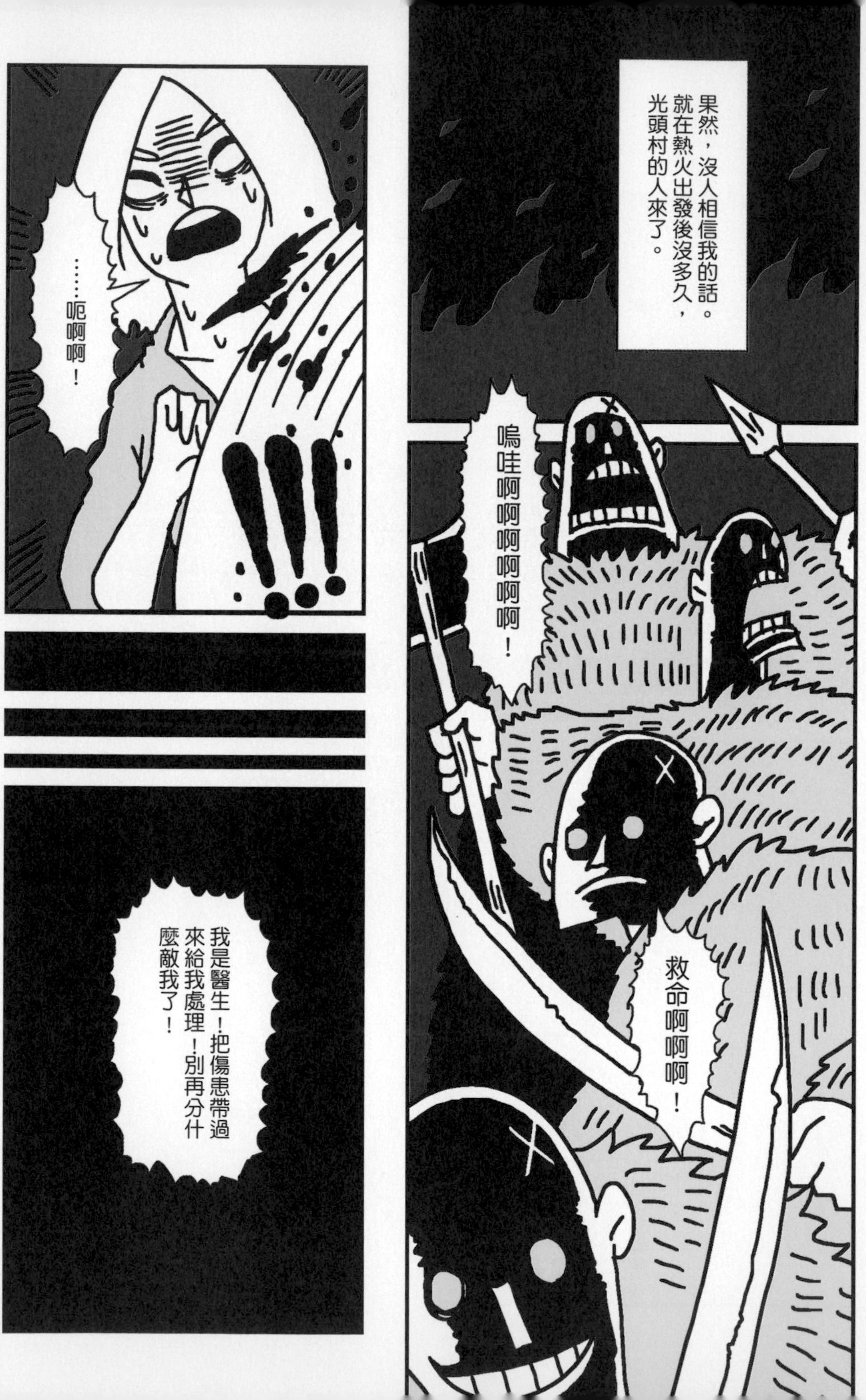
果然，沒人相信我的話。就在熱火出發後沒多久，光頭村的人來了。
嗚哇啊啊啊啊啊啊！
救命啊啊啊！
……呃啊啊！
我是醫生！把傷患帶過來給我處理！別再分什麼敵我了！

姑娘，沒事的！
這刀很淺，也沒傷到聲帶，不會有事的！
這場殺戮，終於在熱火趕回來後結束。
早知道就聽妳的話！
妳怎麼不早點跟我們說妳有預知能力？
說了你們也不會相信啊，
以後只管相信我說的話吧。
我知道了……

這次損失太慘重了，最後連鐵人村也沒有狩獵到！
——一切都得要重新來過了！
三年後，因為找不到光頭村的據點，安德決定再次對鐵人村進行「狩獵」。
然後，你們來了。

第 25 話　朋友

高等獸族士兵：

擁有高科技武器，以及人類難以招架的強大破壞力。

啊啊……
……這裡是哪裡？眼前一片漆黑。我在這裡待多久了？我記得最後我好像在跟誰說話。
奇怪？是誰呢？想不起來了，到底怎麼回事？可惡！我被綁住了，動不了！
救命！
……

翠絲佛已經消失整整兩天了啊！她不會有事吧？
我也完全沒有頭緒啊！我可是派人找了兩天耶！但就是找不到她嘛！我也很懊惱好嗎？
她怎麼會就這麼消失了！你們到底有沒有認真找？
安德，附近的森林剛剛都找過了，
一樣沒有她的蹤跡。
到底是怎麼回事啊？

熱火大人，村莊北方出現了一大群獸族，正往村莊的方向前進！
我最擔心的事情發生了！要是翠絲佛在的話，就不會有這些突如其來的狀況了！
士兵們，跟著我吧！
皮格三兄弟就先留守村莊！
喂！怎麼回事啊？
誰知道呢？

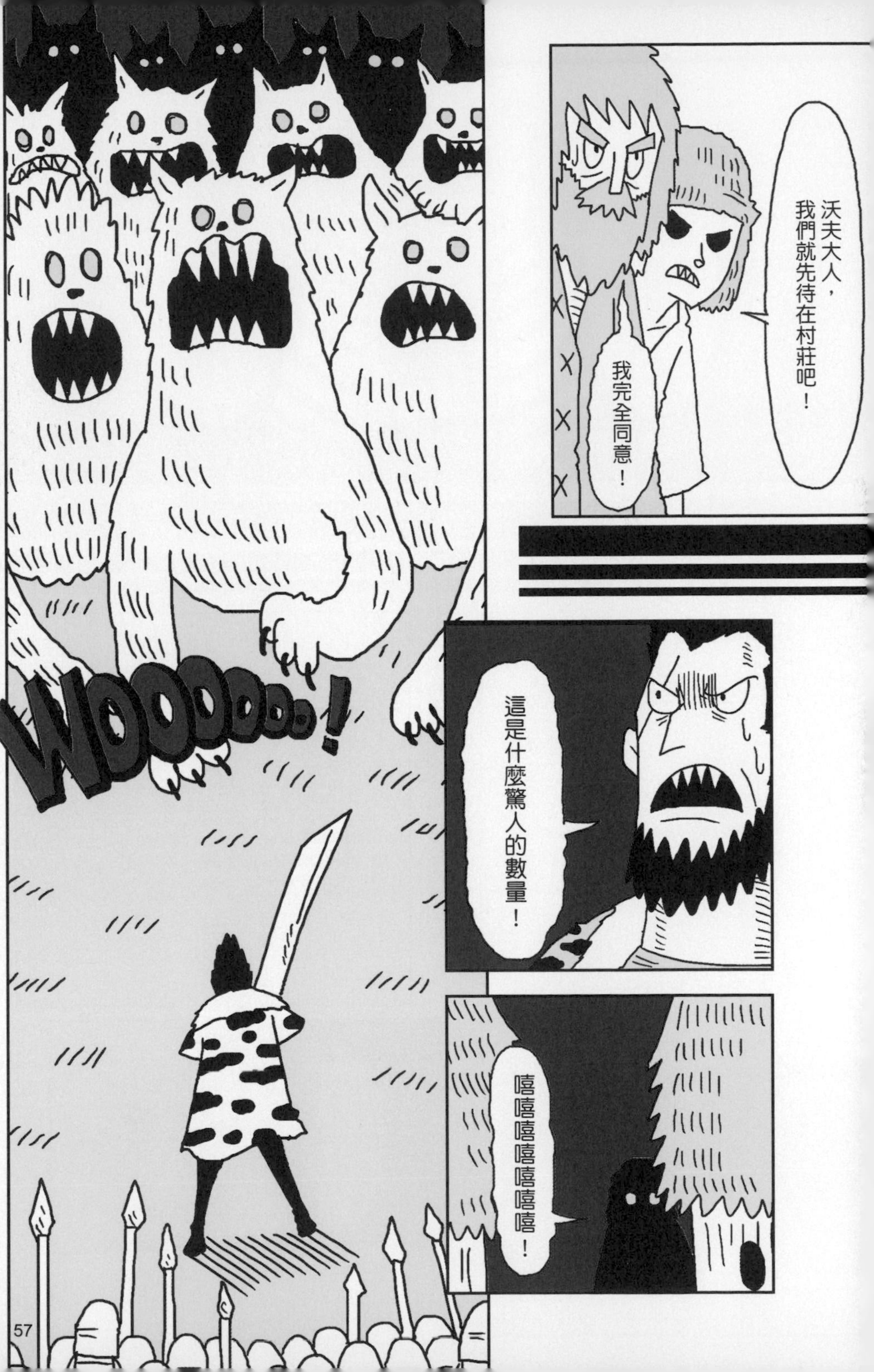
沃夫大人，我們就先待在村莊吧！
我完全同意！
這是什麼驚人的數量！
嘻嘻嘻嘻嘻嘻嘻嘻！
WOOOOOO!

就讓我見識一下你的能耐吧！
加德曼口中的怪物啊！
我會在遠方注視著你！
好險繩子鬆掉了！呼！
啊啊，好餓喔！
……！
不會吧？我得快點回去告訴安德他們才行！

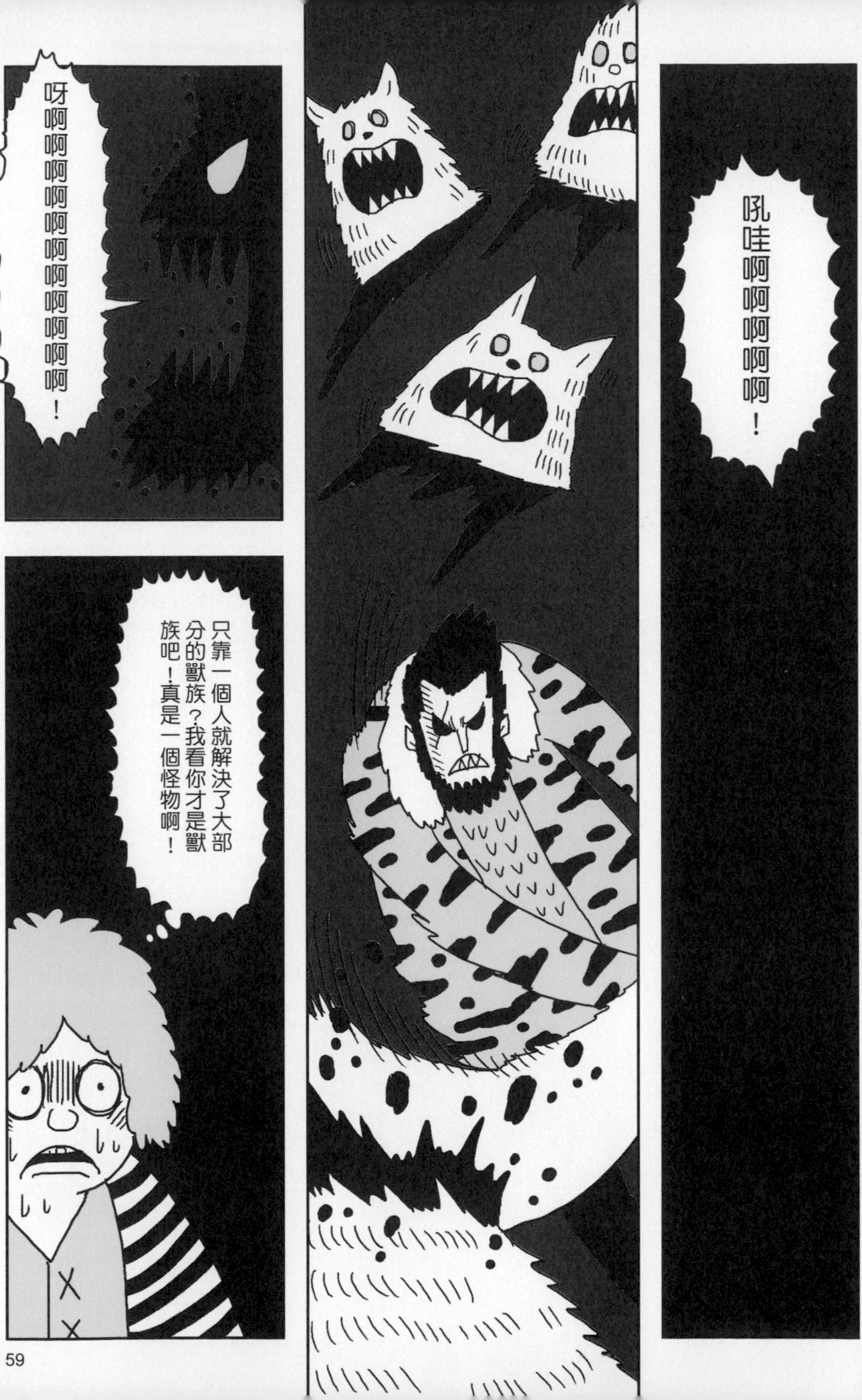
吼哇啊啊啊啊啊！
呀啊啊啊啊啊啊啊啊啊啊啊！
只靠一個人就解決了大部分的獸族？我看你才是獸族吧！真是一個怪物啊！

BBB…
那麼，這樣如何呢？
熱火大人！您快看那邊！
呼……
呼……

呼嚕嚕嚕嚕嚕嚕嚕嚕嚕嚕！
哈哈哈……
哈哈哈……真是的。
喂！遠方忽然出現了一個像山一樣大的怪物！
是、是超大型獸族！今天到底怎麼了？

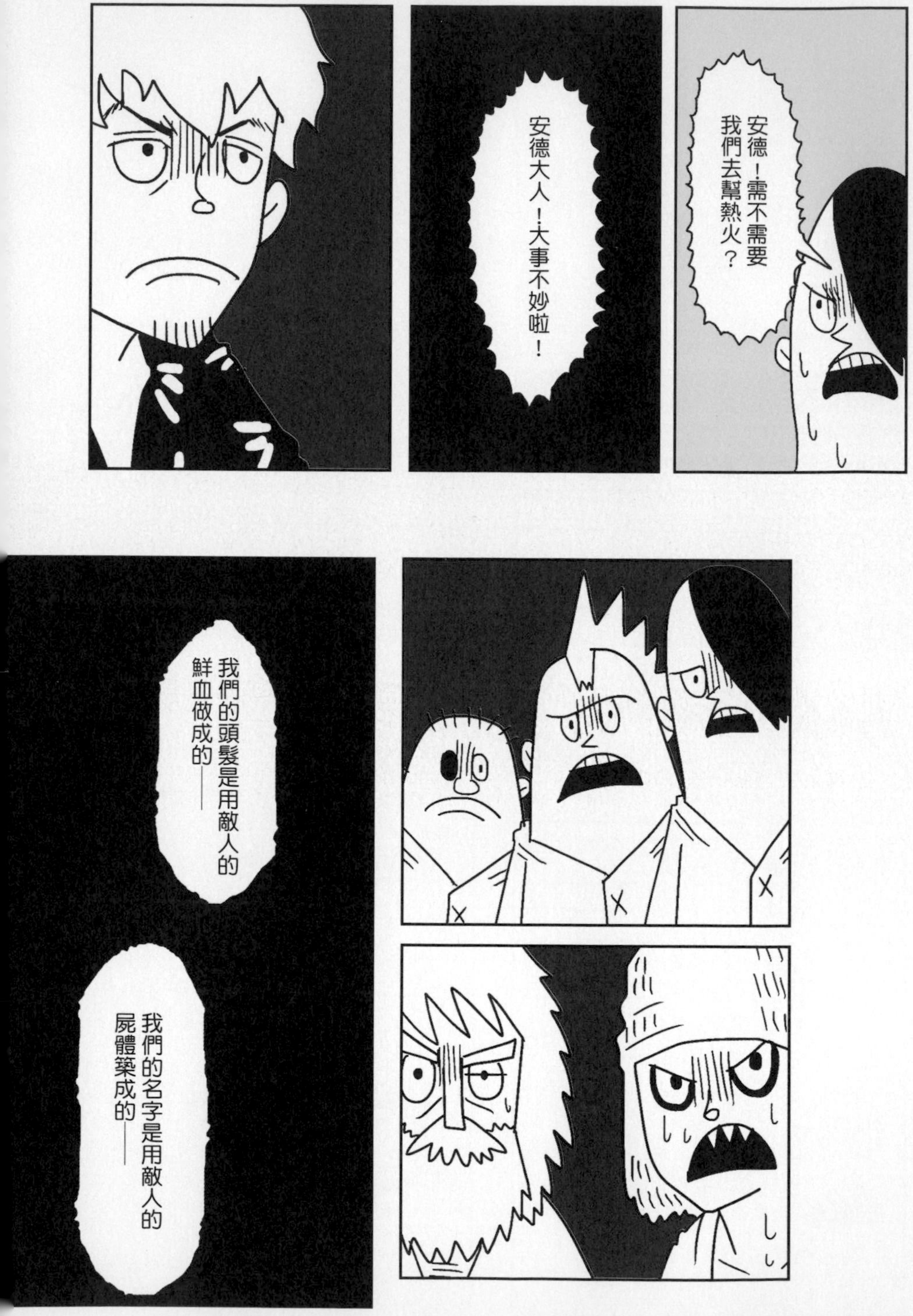
安德！需不需要我們去幫熱火？
安德大人！大事不妙啦！
我們的頭髮是用敵人的鮮血做成的——
我們的名字是用敵人的屍體築成的——

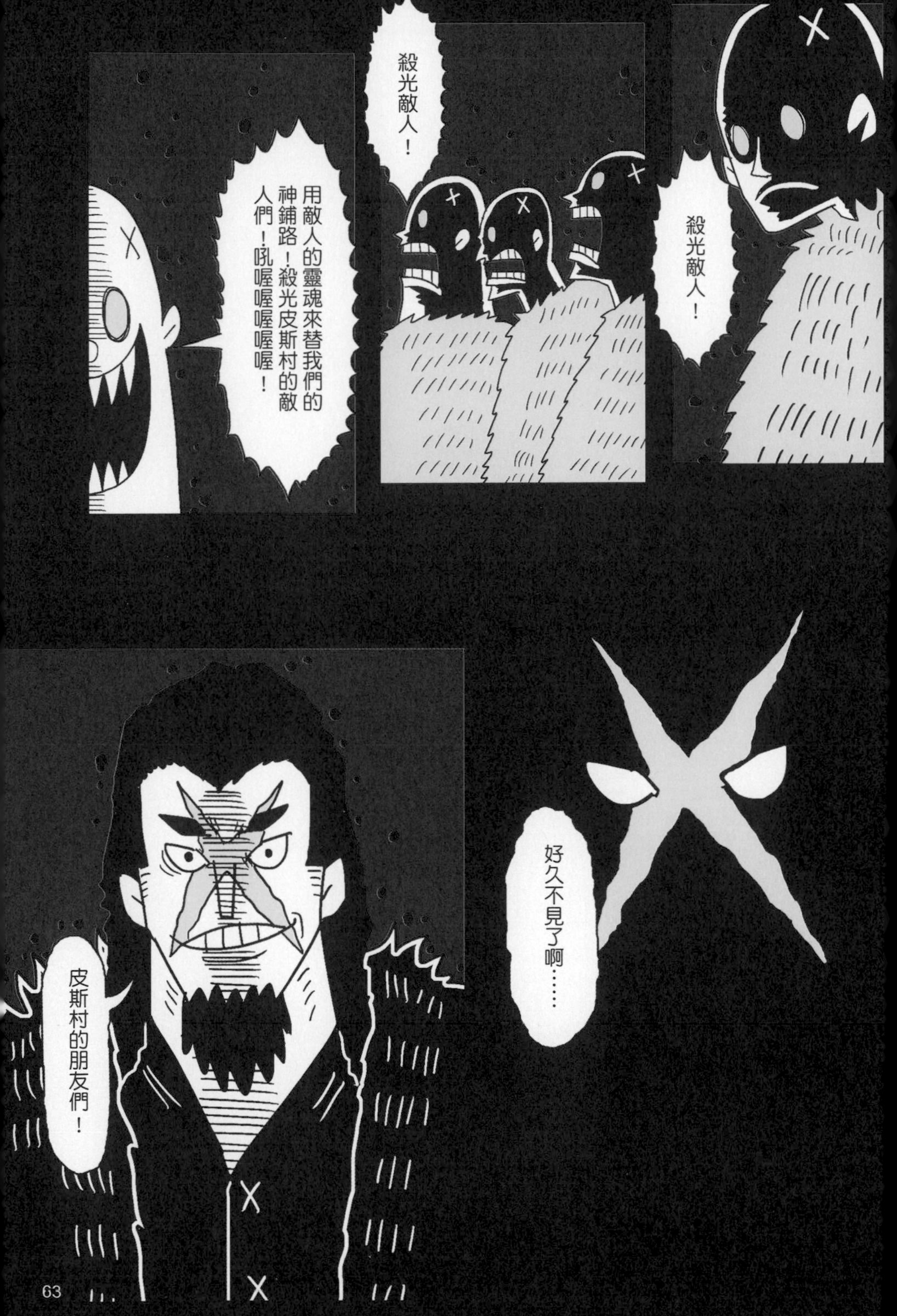
殺光敵人！
殺光敵人！
用敵人的靈魂來替我們的神鋪路！殺光皮斯村的敵人們！吼喔喔喔喔喔！
好久不見了啊……
皮斯村的朋友們！

第 26 話　手機沒電

超大型獸族：

體型非常巨大的獸族。
其體型巨大的原因，至今還是個謎。

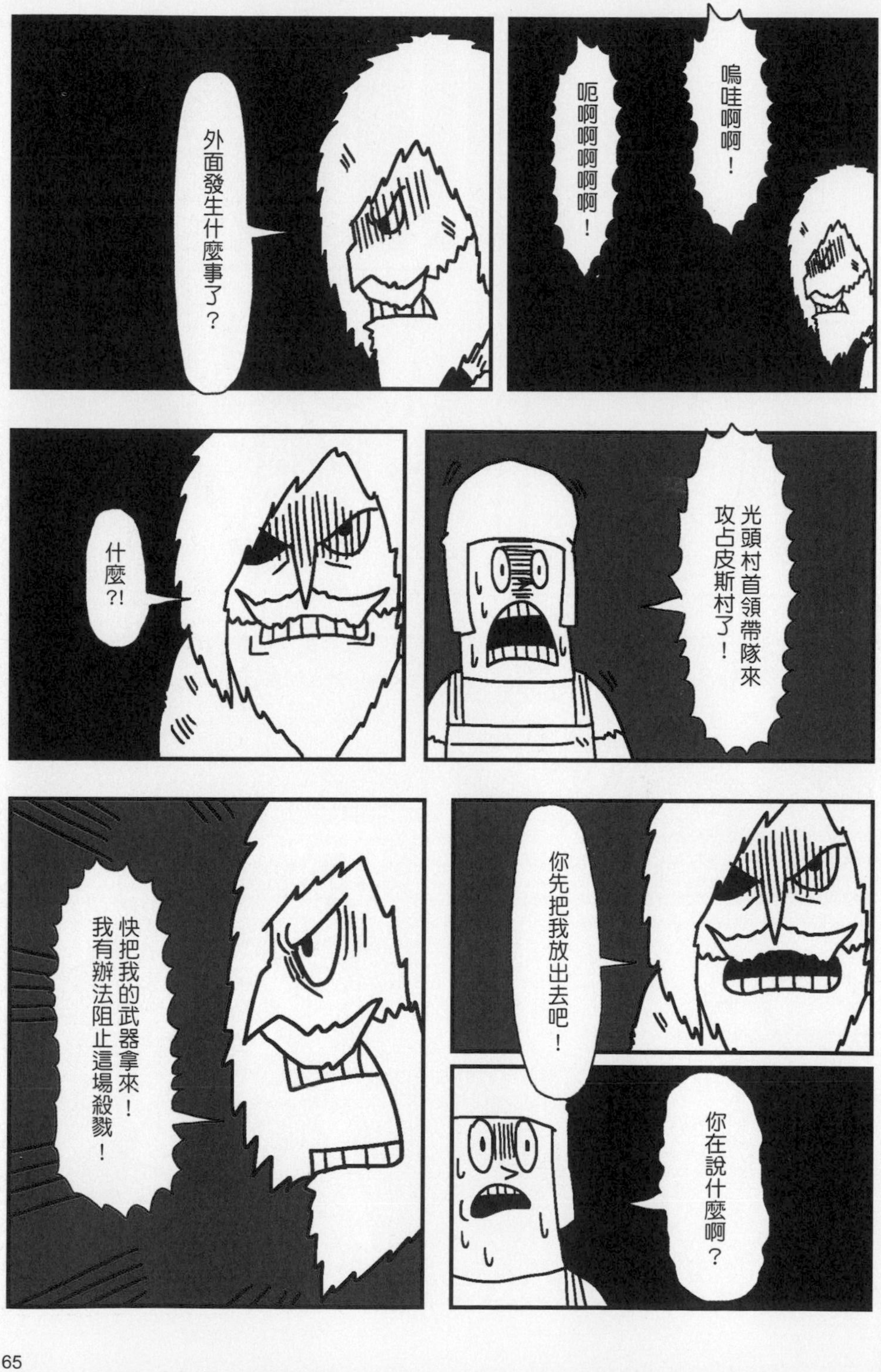

嗚哇啊啊！
呃啊啊啊啊啊！
外面發生什麼事了？
光頭村首領帶隊來攻占皮斯村了！
什麼?!
你先把我放出去吧！
你在說什麼啊？
快把我的武器拿來！我有辦法阻止這場殺戮！

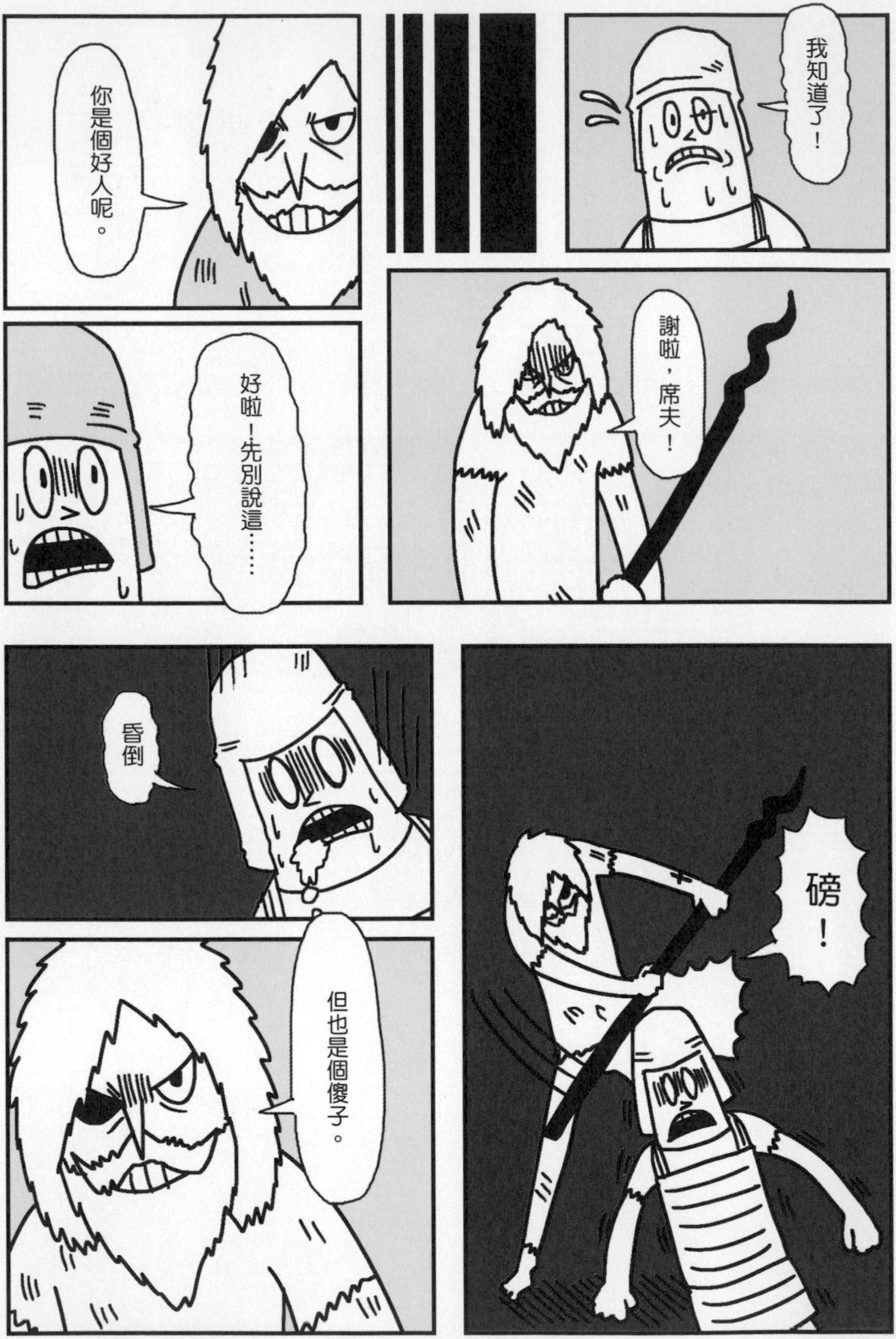
你是個好人呢。
我知道了!
好啦!先別說這……
謝啦,席夫!
磅!
昏倒
但也是個傻子。

太久沒活動筋骨了，揮個槍都覺得累呢！
好啦，接下來該去哪呢？
外頭真是一團亂啊。
剛好可以趁現在逃跑，我可不想遇到加德曼啊。
嗚喔喔喔喔！

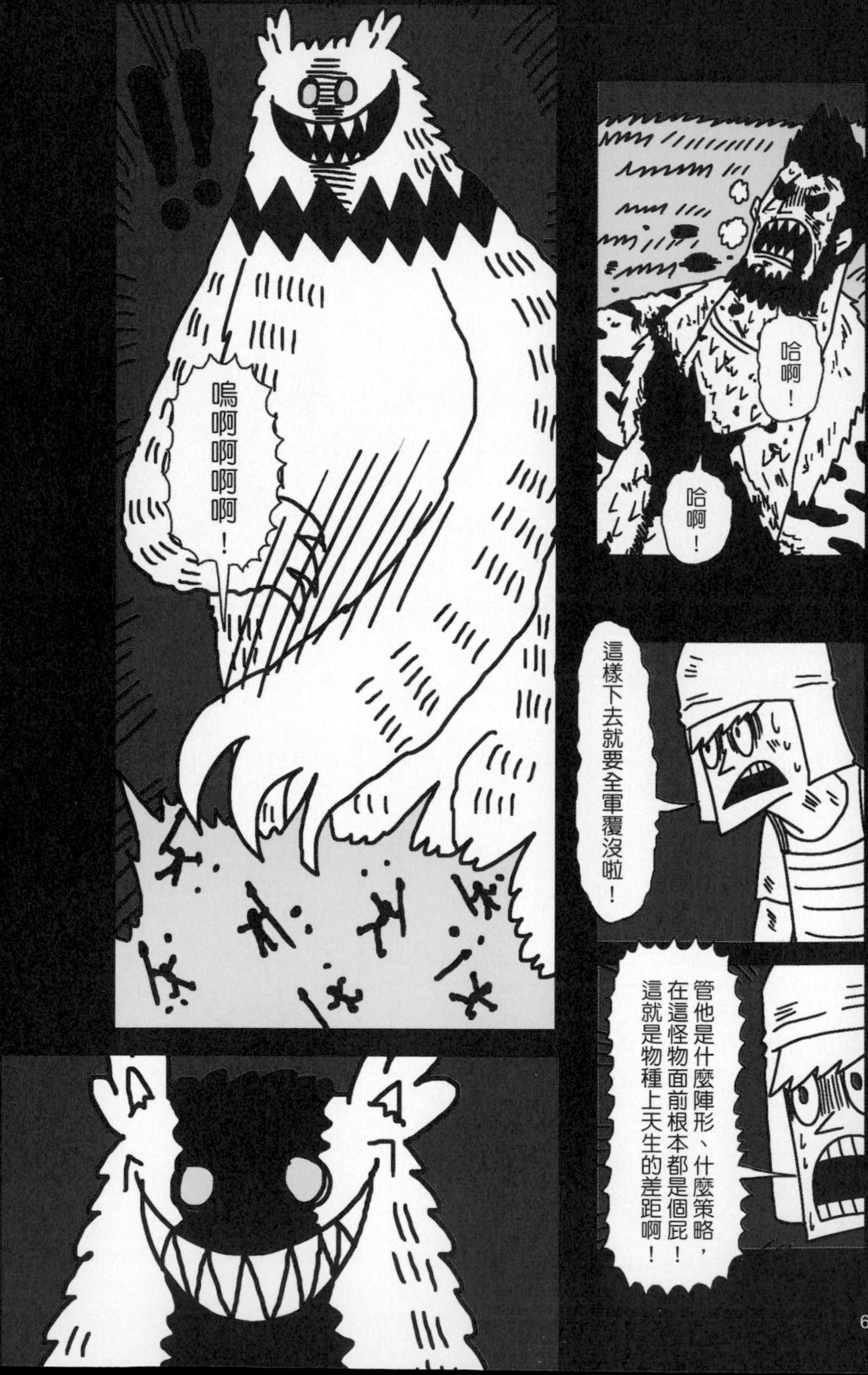
哈啊！
哈啊！
這樣下去就要全軍覆沒啦！
管他是什麼陣形、什麼策略，在這怪物面前根本都是個屁！這就是物種上天生的差距啊！
嗚啊啊啊啊！

沒錯，在這怪物面前，一切都是空談。
待會我進攻時，你們就只管向牠射箭！
但是這樣會射到熱火大人您啊！
別理會我了！區區弓箭而已！
就讓牠嚐嚐我們的怒吼吧！
嗚哇啊啊啊啊啊啊！

沒事吧？沃夫大人！
啊啊，沒事！有你在真是放心許多呢！
那個戴帽子的小夥子還滿厲害的嘛？說不定比你還強喔？渦力安！
馬馬虎虎啦！

大哥！大哥啊！
嗚哇啊啊啊！
沃夫大人！
看我的！
發光！
啊啊啊啊啊？

哈哈哈，害怕了吧！
暗掉
咦咦？
奇怪？怎麼不發光了……
……呢？

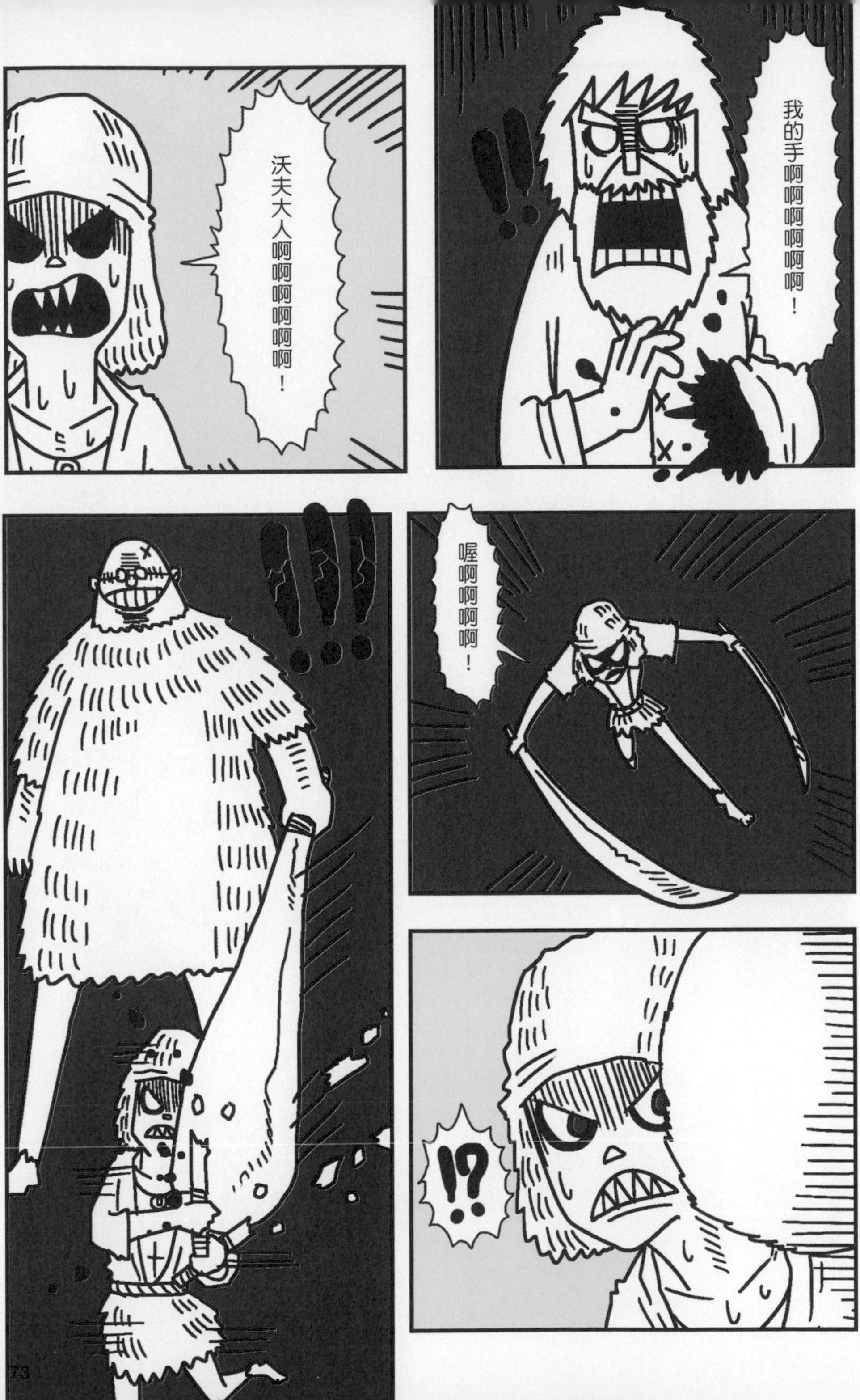
我的手啊啊啊啊啊啊！
沃夫大人啊啊啊啊啊啊！
喔啊啊啊啊！
!!
!?

嗚哇啊啊啊啊啊！
萊恩！萊恩啊！
你還有空關心別人啊？下地獄去和他相會吧！
別殺了他！
派人給他包紮傷口，把他帶回去，我有話要問他。

第 27 話　可是你有頭髮啊

皮斯村：

熱火與安德統治的村莊，村名的意思為「和平」。

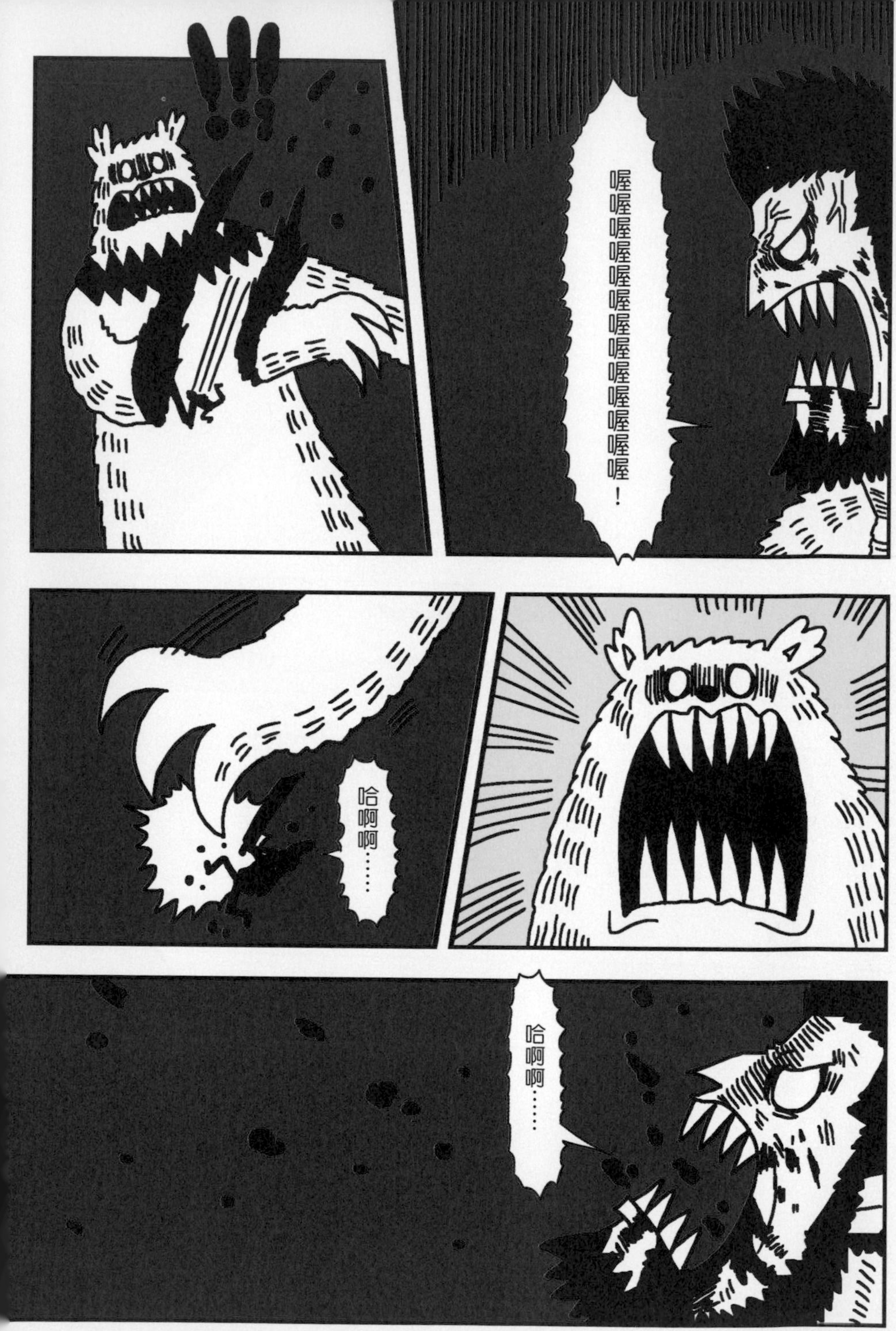
喔喔喔喔喔喔喔喔喔喔喔喔喔喔喔喔喔喔！
哈啊啊……
哈啊啊……

熱火大人啊啊啊！
哈啊！
哈啊！
沒、沒事！你們只管繼續攻擊就是了！哈啊……
放開我！放開我啊！
……

關於這個東西，我有很多事情要好好問你啊！
給我放開沃夫大人！
放了他……
呼……
喲喲！你剛剛下手不夠重呢，畢格老弟！
咦？我確實出了全力啊！
這是你被賜名後的第一場出征，就讓你好好表現一下吧！畢格！

是的！加德曼大人！
我不會讓您失望的！
好高大！
不過你連武器都壞掉了，是要怎麼和我打……
……呃？
去死吧！
揮擊
閃開
喔喔喔喔喔？

喔喔喔？
喔喔喔喔喔喔喔喔！
用力！
怎麼會?!畢格老弟！
我要為大哥報仇！
嗚！
您沒事吧？渦力安大人。

皮斯村……
就這樣毀了嗎？
我看你就加入我們吧！怎麼樣？是個不錯的提議吧？安德先生！
事到如今還能說什麼呢……
呃啊啊啊！
能殺了畢格大人，你確實很厲害！但是你的體力也快用盡了吧？
想不到最後是由你來阻止我啊……

……嗯？我好像在哪裡看過他？
……啊！
……是大哥嗎?!
果然是你！你怎麼會出現在這個地方?!
當初我被抓進來時，多虧了大哥的開導，我才有活下去的動力！
你消失了那麼多天，原來是來到皮斯村了嗎？你究竟想要做什麼呢？
無所謂，我現在能做的就是讓大哥活下去！
發現了嗎？哼哼，眼神都變了呢，你真溫柔啊。
別因為要救我而害了自己啊！

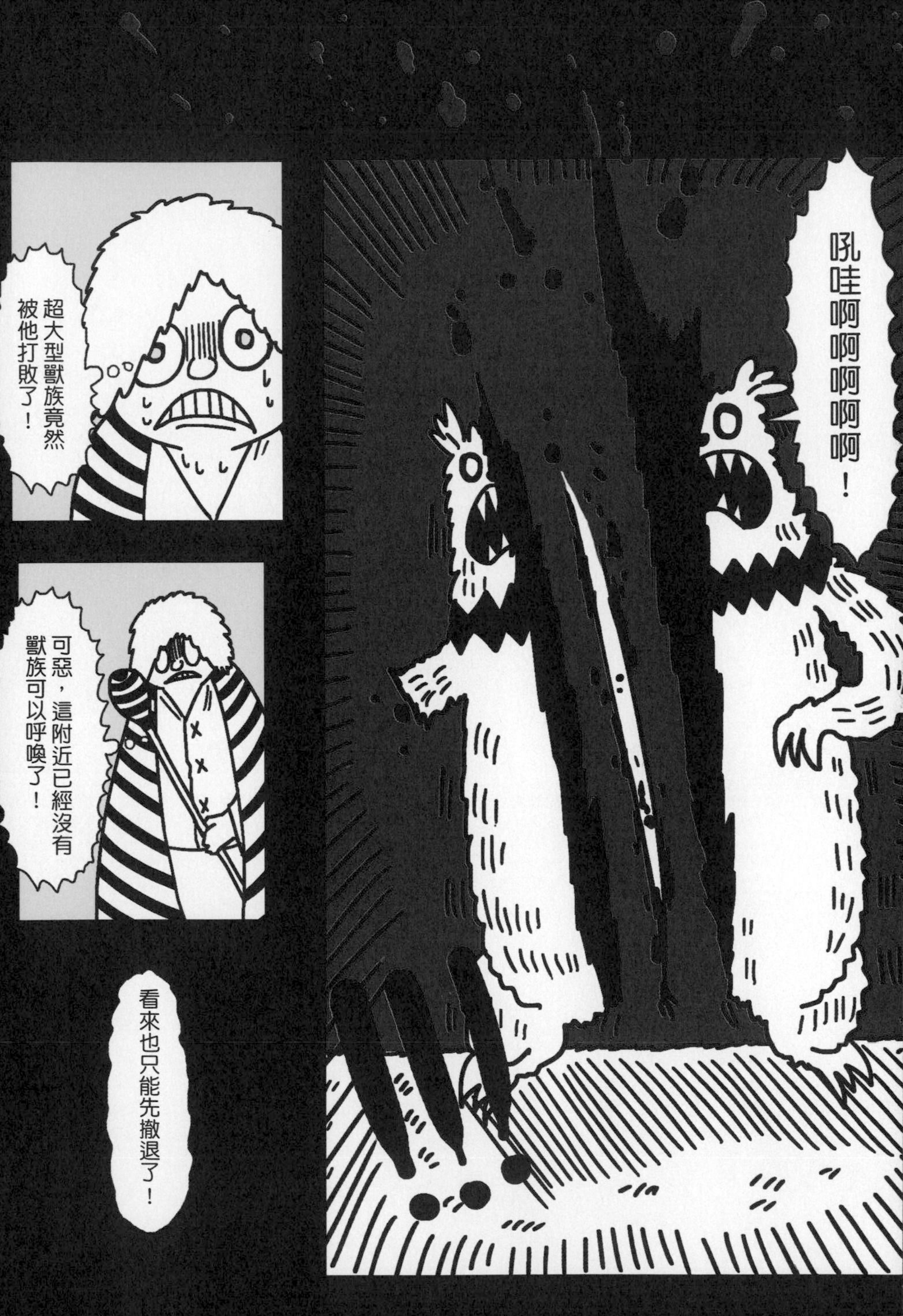
吼哇啊啊啊啊啊!
超大型獸族竟然被他打敗了!
可惡,這附近已經沒有獸族可以呼喚了!
看來也只能先撤退了!

啊啊……來不及了嗎……
……啊！
沃夫！
別過來這裡！快逃啊！翠絲佛！
你的手怎麼了？
啊！
萊恩！你的臉！
快逃啊……

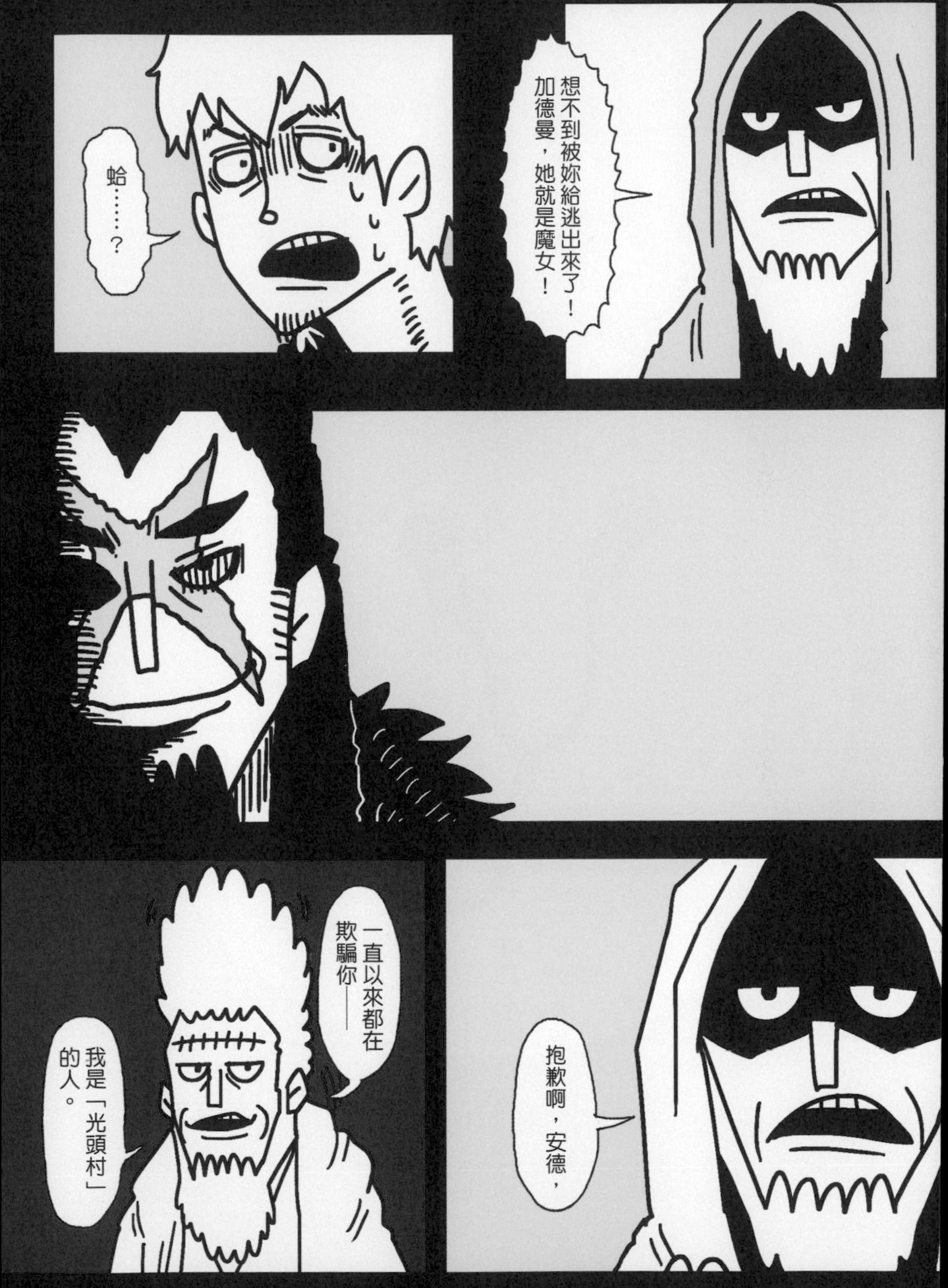
想不到被妳給逃出來了！加德曼，她就是魔女！
蛤……？
抱歉啊，安德，
一直以來都在欺騙你——
我是「光頭村」的人。

第 28 話　巫師與魔女

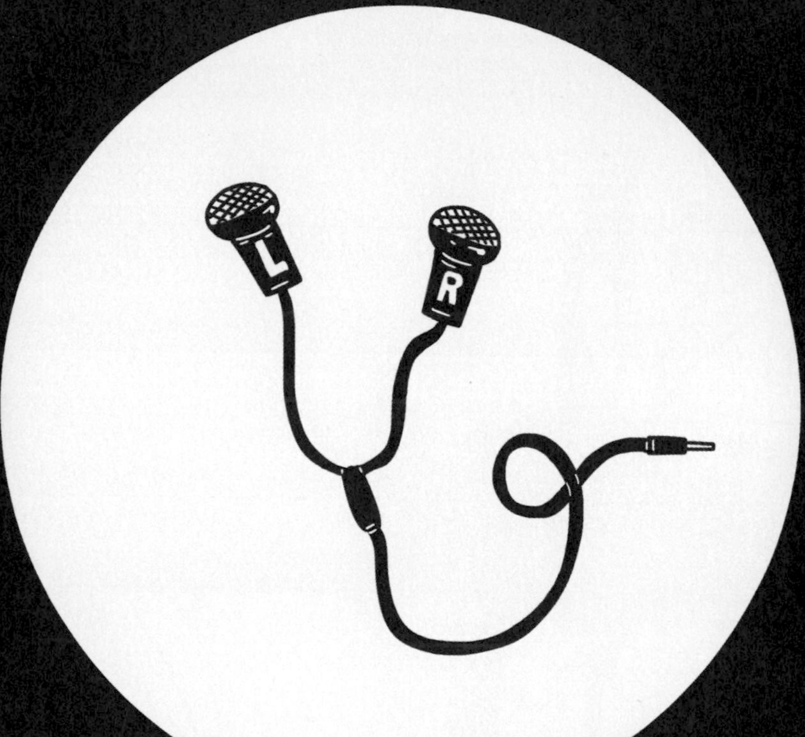

高等獸族的物品：

英格倫從高等獸族那邊偷來的東西，
他相信此物會改變世界，
於是利用信鴿傳遞給鐵人村。

想不到連超大型獸族都被熱火給殺了！
唉，我得趕快回到加德曼那邊才行。
嗯……？
啊！
這不是達特嗎？真是好久不見了啊！
是啊！這不是推爾嗎？

你怎麼會在這裡呢？算了，跟我一起回加德曼那邊吧！
……好啊！就由你來帶路吧！
那個熱火真是相當可怕啊！
對了，推爾。
怎麼了？
……嗯？
呃啊啊啊啊啊?!

我早就想這樣做了啊，推爾，這真是上天賜與的良機啊！
白癡！要是我死了，賽伯拉斯騎士大人可不會饒過你們這些人類！這片土地上的人類全都會被殺光！全部！
我知道，我知道。
嗚啊啊啊啊啊啊！
啊啊啊啊啊啊啊……翠絲佛啊啊啊！

……嗚！
安德……？
我知道的喔！你們想要得到魔女的力量沒錯吧？想得美啊！
與其被你們得到，不如我自己動手殺了她，如何？很失望吧？哈哈哈！
魔女被……
你這個天殺的混帳啊啊啊啊！

安德！
我要殺了你！
磅！
嗚呃！
暈倒
抱歉，大哥！
我只能用這種方式保住你的性命！
不只如此，你們還想殺了巫師，取得他的力量吧？
全都被我看穿了喔！我才不會讓你們得到他的魔力！

哈啊……
哈啊……
她恐怕是活不久了。
怎麼會變成這樣……
這一切都太突然了……
好事總是讓我們苦等，而壞事總是突如其來。
喂！我要去殺了安德，
你就先去和那個魔女好好道別吧。

我可是安德啊！
偉大的皮斯村村長啊！
我將會成為統治這個世界的王啊！
我知道。
長久以來，
辛苦你了。

不過啊，
殺了巫師可不會得到魔力喔，話說，你應該連巫師是什麼都不知道吧？喂，你還聽得到嗎？
翠絲佛！我……
忽然覺得好安靜……
抱歉……我騙了你，我並不是什麼魔女。
別說話了，別說話了，那些都已經不重要了……

嗯……
替……替我……
向這個……
我想睡了……晚安……
沃夫……萊恩……
……荒謬的世界復仇吧！
爸爸……
哥哥……
我就姑且原諒
你們吧……

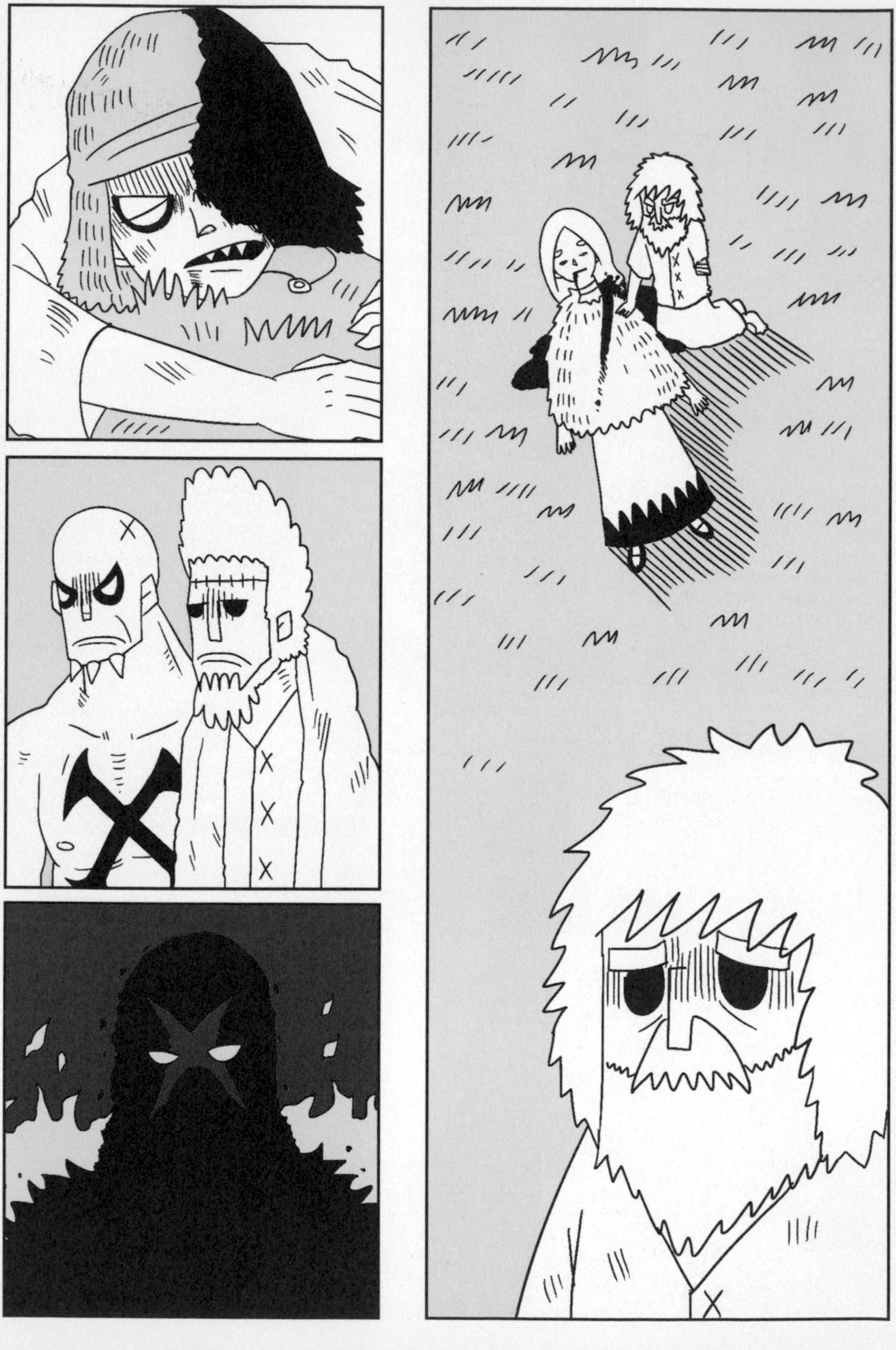

第 29 話　很大的遺憾

管理員：

擁有《先民的智慧》的人類，被稱為管理員。
每個管理員所擁有的《先民的智慧》都不同。
他們會將自己所擁有的知識傳授給其他人類。

果然不該連那個東西都破壞掉，實在是一時衝動……
不過也好，萬一讓其他人拿到可就不妙了。
嗯？
被毒死的獸族？
嗚嗯……

啊……
是人類啊？好險，要是獸族的話我就死定了，真幸運！
確實幸運呢，
我還是個醫生。
醫生？你是屬於哪個村莊的人？
我啊，現在不屬於任何村莊。
是嗎？話說附近的皮斯村好像發生了大事啊。

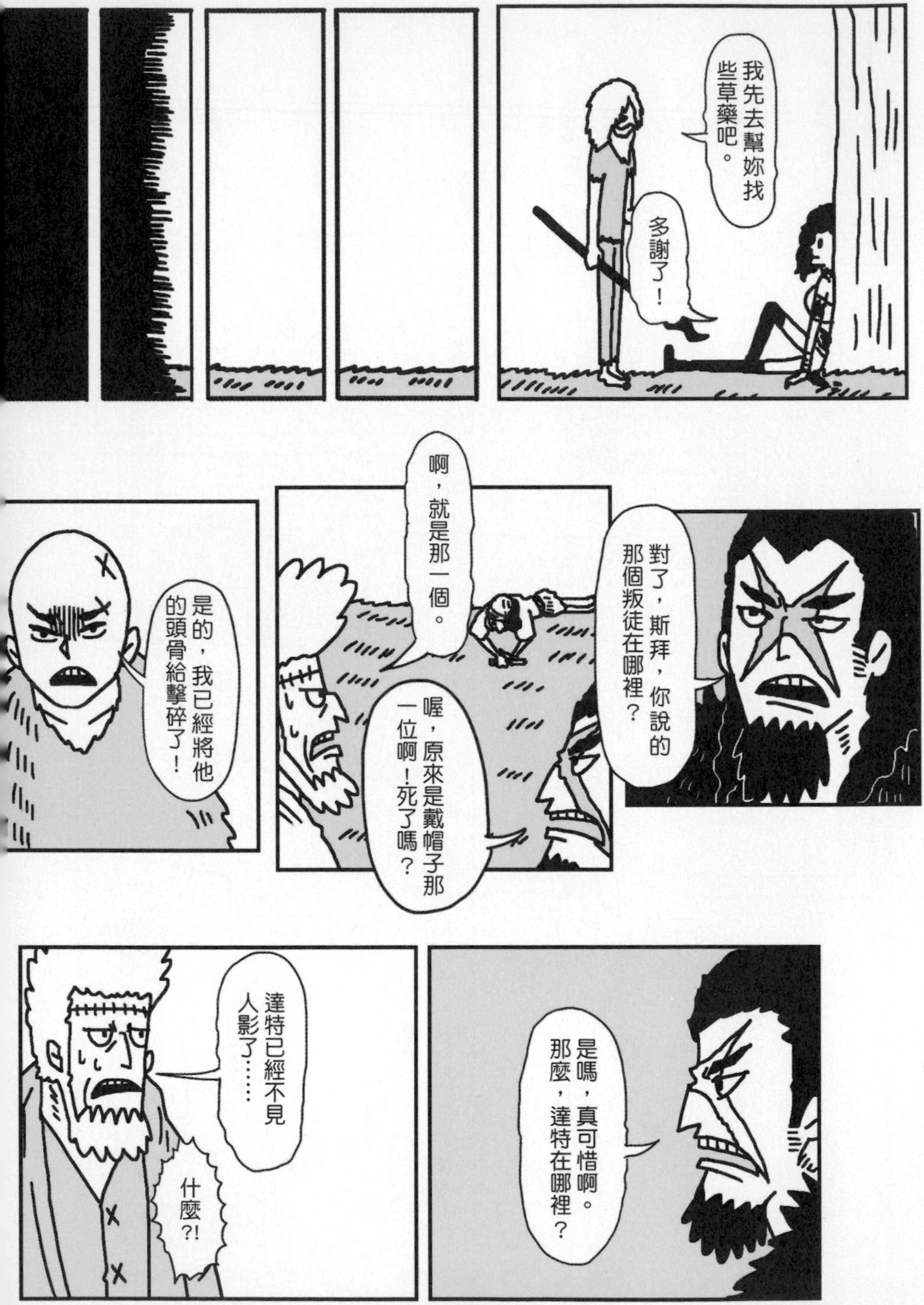
我先去幫妳找些草藥吧。
多謝了！
對了，斯拜，你說的那個叛徒在哪裡？
啊，就是那一個。
喔，原來是戴帽子那一位啊！死了嗎？
是的，我已經將他的頭骨給擊碎了！
是嗎，真可惜啊。那麼，達特在哪裡？
達特已經不見人影了……
什麼?!

達特啊，
你果然還是不能認同我嗎？
加德曼大人，那個熱火已經要回來了！
他把超大型獸族殺了?!
如何？渦力安，要跟他打嗎？
你自己去打！
你捨得我再斷一隻手嗎？
捨不得啊！所以快撤退啊！
說得沒錯！
各位，撤退吧！
休想逃走！快點拖住他們直到熱火回來！

我說啊……
你們還不如花力氣去照顧那些傷患吧！
混帳東西！才不能這麼輕易讓你們離開！
舉起
那是什麼？
BOOM!!
嗚啊！好多煙霧！
都看不到啦！
我也看不見啊！
笨蛋！往這邊走啦！
記得帶走那個巫師！
知道啦！

啊啊，好多了，血都止住了。
這個藥草真有效啊。
那邊的獸族，
是被妳毒死的嗎？
是啊，不過一時大意，被牠給抓傷了，
要不是你出現，我還真不知道要坐在這裡多久，真是謝啦！
妳做的毒藥效果還真強。
啊，我覺得……
嗯？
你看起來好雜亂啊，越看越不順眼！
咦咦？

這是對救命恩人該說的話嗎？
我是說實話。
沒關係，我剛好有帶剃刀，
讓我來幫你整理一下吧！算是我對你的回報。
別自作主張啦。
好，別亂動喔！
好多了，變成一個俐落的大叔！
這樣確實清爽多了。
剛才那樣毛茸茸的活像個獸族，真是讓人想要毒下去啊……
別這樣啦。
妳很痛恨獸族嗎？

嗯，恨啊，有誰不恨獸族呢？
一直以來我都在研究專門對付獸族的毒藥。
可以的話，我想盡我一切的力量，把出現在眼前的獸族都毒死！
哼哼，不錯的目標。
你呢？你現在要往哪裡去？
嗯……

……
跟我報告一下剛才發生的事情。

畢格和魔女的死實在是此役最大的遺憾，還有達特也……
魔女的死是我的疏失，我沒想到她會逃出地窖，也沒料到安德會下手殺她。
唉，算了。斯拜，我們就在這邊分手吧，接下來也要麻煩你了。
好的，接下來我一樣會用信鴿告知你所有事情，
我先去「鐵人村」了。

第 30 話　天亮之後

推爾的那個東西：

推爾所擁有的特殊道具。
能夠利用發出的電波吸引附近的低等獸族，
甚至是超大型獸族。

你醒啦？
啊……
你已經昏睡了三天，你還真命大，只丟了左耳和左眼而已。

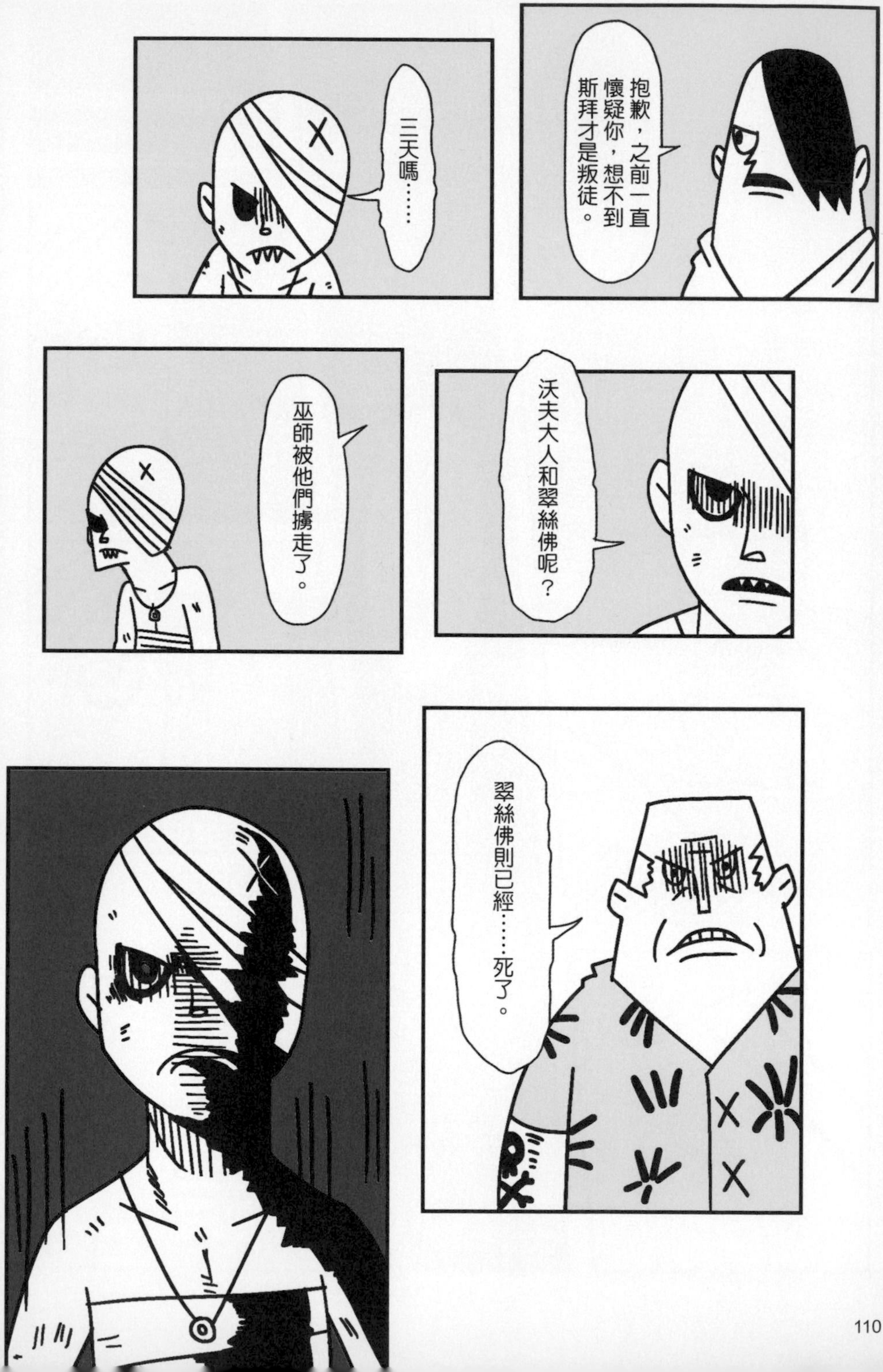
抱歉，之前一直懷疑你，想不到斯拜才是叛徒。
三天嗎……
沃夫大人和翠絲佛呢？
巫師被他們擄走了。
翠絲佛則已經……死了。

……安德在哪裡？
我絕對要把他給殺了！
安德已經死了。
……！
他被光頭村的首領殺了，我們明天就要前往光頭村。
如何？你也要去嗎？
萊恩，這是巫師之前吩咐我做的武器。
他說這兩把刀是要送給你的。

沃夫大人……
不過，你們不先好好重建村莊嗎？
皮斯村的村民只剩下不到五十人，村莊也已經被毀得差不多了！
重建對我們來說已經無關緊要，現在最重要的是向光頭村復仇啊！
我們已經沒有後路了！
那麼，這次可是沒有任何作戰計畫的喔！

WOOOO!!
呼，謝啦！
差一點就被抓到了！
小心點！艾曼露！

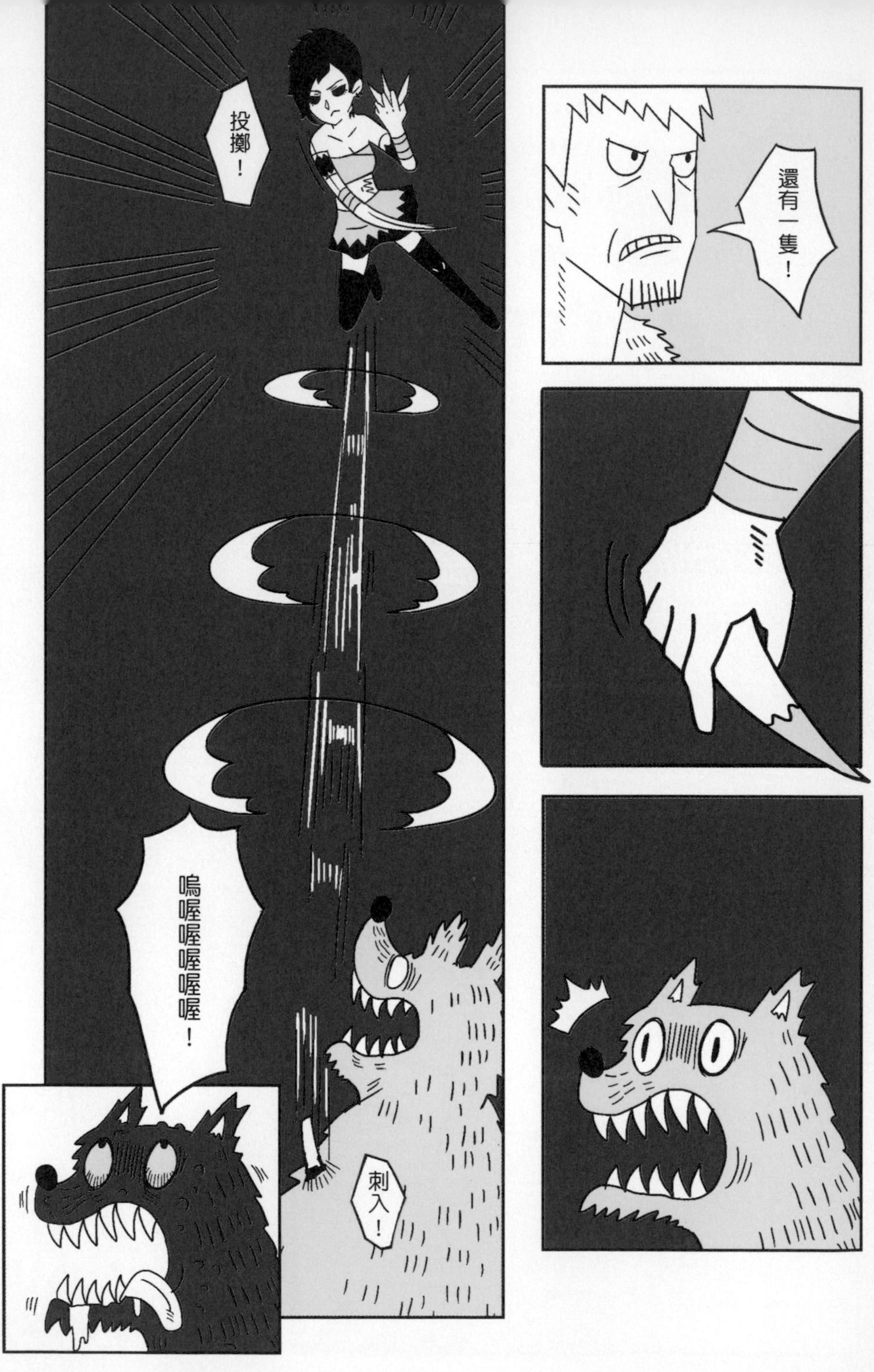
還有一隻！
投擲！
刺入！
嗚喔喔喔喔喔！

將獸族的牙齒當作飛刀使用
在飛刀上塗上自製毒藥，接著射向目標，命中率百分百。
厲害的女人！
相較起來，我真是老了呢，連對付獸族都開始吃力了。
達特！
快點趁熱吃吧！
沒有被毒到的部位就只剩下腿部了呢！

我果然還是想回我原本的村莊一趟。
喔，你說光頭村嗎？那就回去吧！
其實前天我說出我是光頭村的人時，我很訝異妳並不驚訝。
有什麼好驚訝的，你是獸族我才驚訝吧？
我說你啊，有想要解決的事情就快去解決吧！
帶上我，
一起去光頭村吧！
不、不好吧！
那邊很危險的！
跟獸族比起來，區區人類有什麼好怕的？

真是的！
不過有妳跟著的確會放心許多。
對吧！
另一方面，加德曼和他的軍隊剛回到光頭村。
加德曼，你回來啦！另一隻手也斷了嗎？
沒斷！你到底有多想要看我斷手啊？剝齊！
哈哈哈，開個玩笑而已啦！
對了，那個人就先交給你處置。
嗯？

這是他的東西，
幫我問出這個東西是從哪裡來的，以及他到底是誰。
那是……高等獸族的玩意兒吧？
我對於拷問實在不怎麼在行，就拜託你了。
啊啊！我對於拷問最在行了，交給我吧！
天亮之前就讓他全部說出來！
那麼……
天亮之後就出發吧，
殺光他們。
先等天亮再說吧。
好啊！

第31話 妥協

毒藥：

利用各式各樣有毒植物提煉出來的藥物，
塗抹於武器上，能有效對抗獸族。
對付人類？當然也有專門的毒藥！

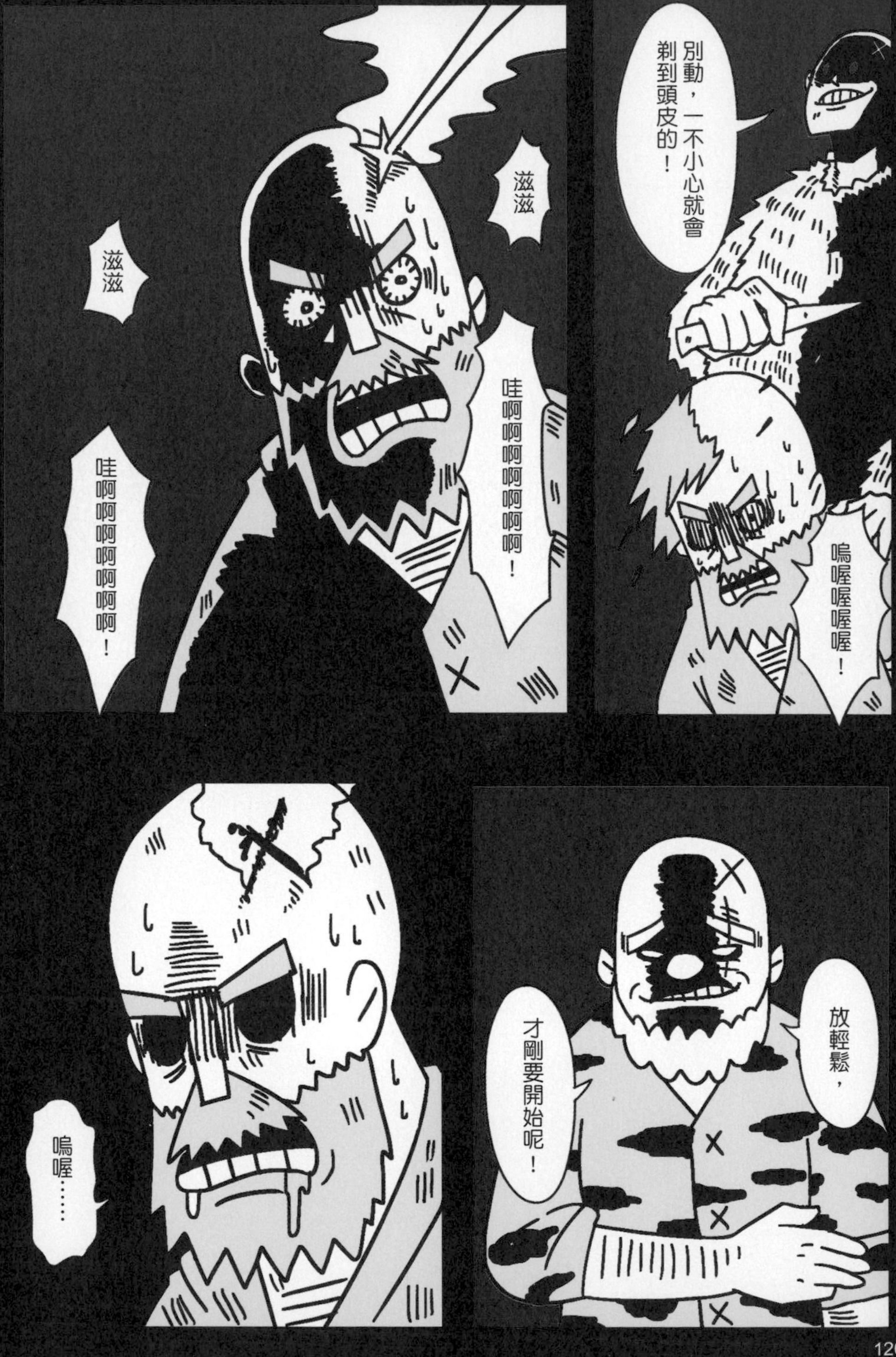
別動，一不小心就會剃到頭皮的！
嗚喔喔喔喔！
滋滋
滋滋
哇啊啊啊啊啊啊啊！
哇啊啊啊啊啊啊啊啊！
放輕鬆，
才剛要開始呢！
嗚喔……

睡了嗎？達特。
還沒，怎麼了？
你現在有家人嗎？
家人……
沒有了，妳呢？
我啊，
我的村莊和家人……
都被獸族消滅了。

很多人都是這樣。
不過很奇妙的是，
不是每個人都會憎恨獸族，
因為他們早就對這個世界妥協了。
我還記得……
殺了我家人的高等獸族，牠的名字叫作……
賽伯拉斯。
……！
哼哼……

哈哈哈哈哈！
……？
關於那個賽伯拉斯，我可是知道很多事情，
就讓我慢慢地告訴妳吧。
……！
嗚啊……

將你和獸族的屍體釘在一起，你想逃也逃不了啦！
這個畫面真是有藝術感啊！哈哈！
我真的不知道那是什麼……
你就快點從實招來吧！你是誰？那個東西又是從哪裡來的？
答・錯・囉！
嗚呃呃呃！

我真的不知道啊！
那真的是我在路上撿到的啊！
少來了！那種東西……
怎麼可能在路上撿到！
聽說有個巫師被剝齊大人抓去拷問了！
巫師？聽起來好厲害啊！
巫師來這邊要做什麼呢？
……！
那個巫師是大哥的朋友吧？
！
你平安回來啦？
我還以為
你會命喪戰場呢！真是可惜！

別開玩笑了，我有話要私下跟妳說，
是關於大哥的。
大哥……
嗯，他還活著，而且依我猜測，他應該這幾天就會來到這裡。
把「造反者」都找來吧，安娜芭芭。
別在村裡叫出名字來啊，
你已經按捺不住了吧？
我都知道喔，稻草。
這邊是一個被外人稱作「光頭村」的村莊，村莊隱藏於山洞之中，村莊人數大約三百多人。

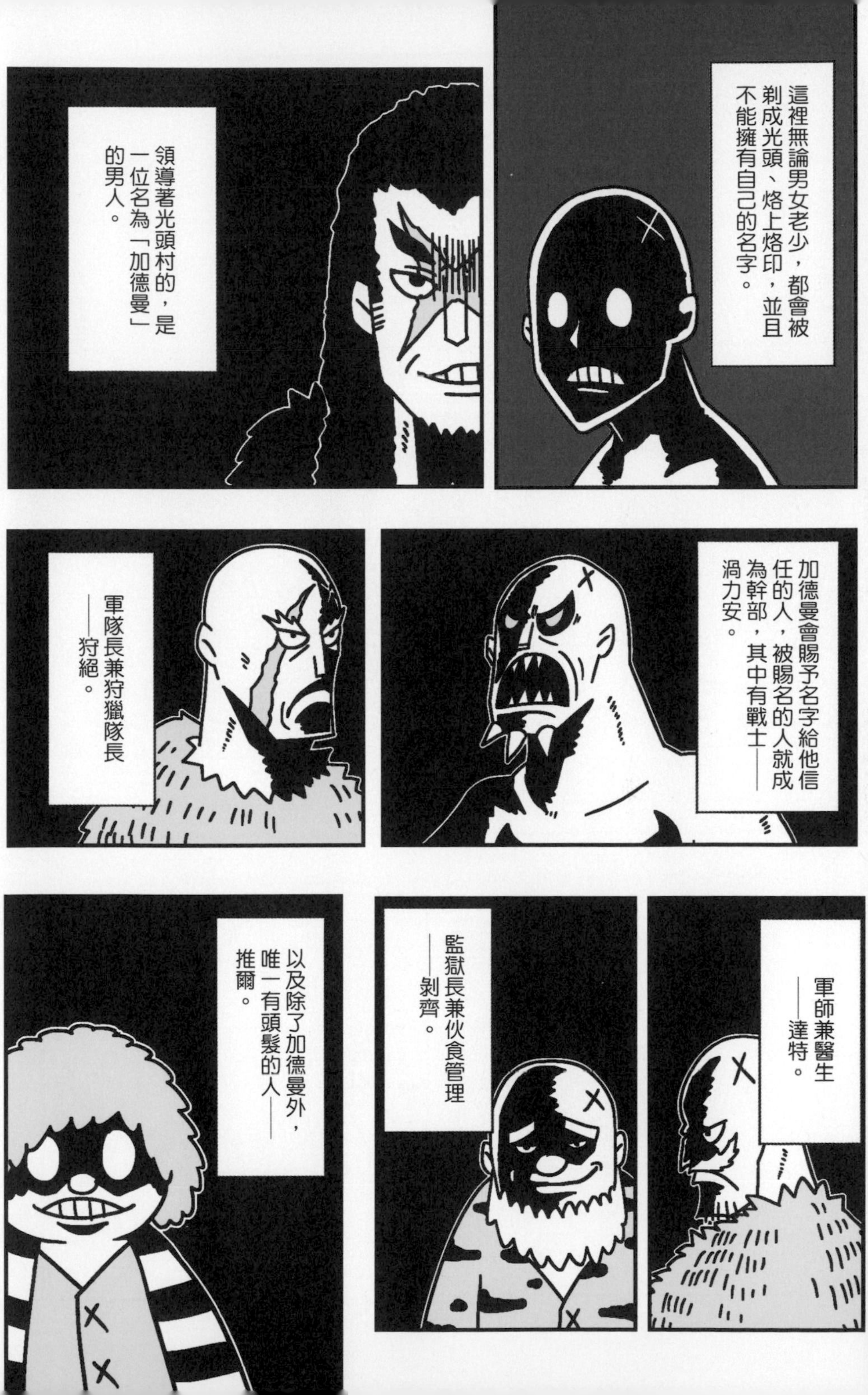
這裡無論男女老少，都會被剃成光頭、烙上烙印，並且不能擁有自己的名字。
領導著光頭村的，是一位名為「加德曼」的男人。
加德曼會賜予名字給他信任的人，被賜名的人就成為幹部，其中有戰士——過力安。
軍隊長兼狩獵隊長——狩絕。
軍師兼醫生——達特。
監獄長兼伙食管理——剃齊。
以及除了加德曼外，唯一有頭髮的人——推爾。

不過，由於達特三年前被皮斯村擄走，加德曼只好再選出一位新的幹部。
他就是特攻——畢格。
可惜，他在三天前被萊恩殺了。
狩絕仍然下落不明啊，幹部只剩下你和剝齊了。
狩絕恐怕已遭遇不測，只好再選出新的幹部了。
我倒覺得有一個年輕人滿有實力成為幹部的。
是嗎？那就交給你處理了。

還有五天……
就要再去向賽伯拉斯報告了。
是啊，你先去休息吧，
別讓自己太累啊。
累嗎……也是呢，確實是有點累了呢，對於這一切。
啊，都這個時候了，
天都亮了啊。

第 32 話　我會帶著妳

萊恩的雙刀：

其原料為沃夫和萊恩初次相遇時撿到的黑色石頭。
為沃夫委託皮斯村鐵匠其爾貝所鍛造。

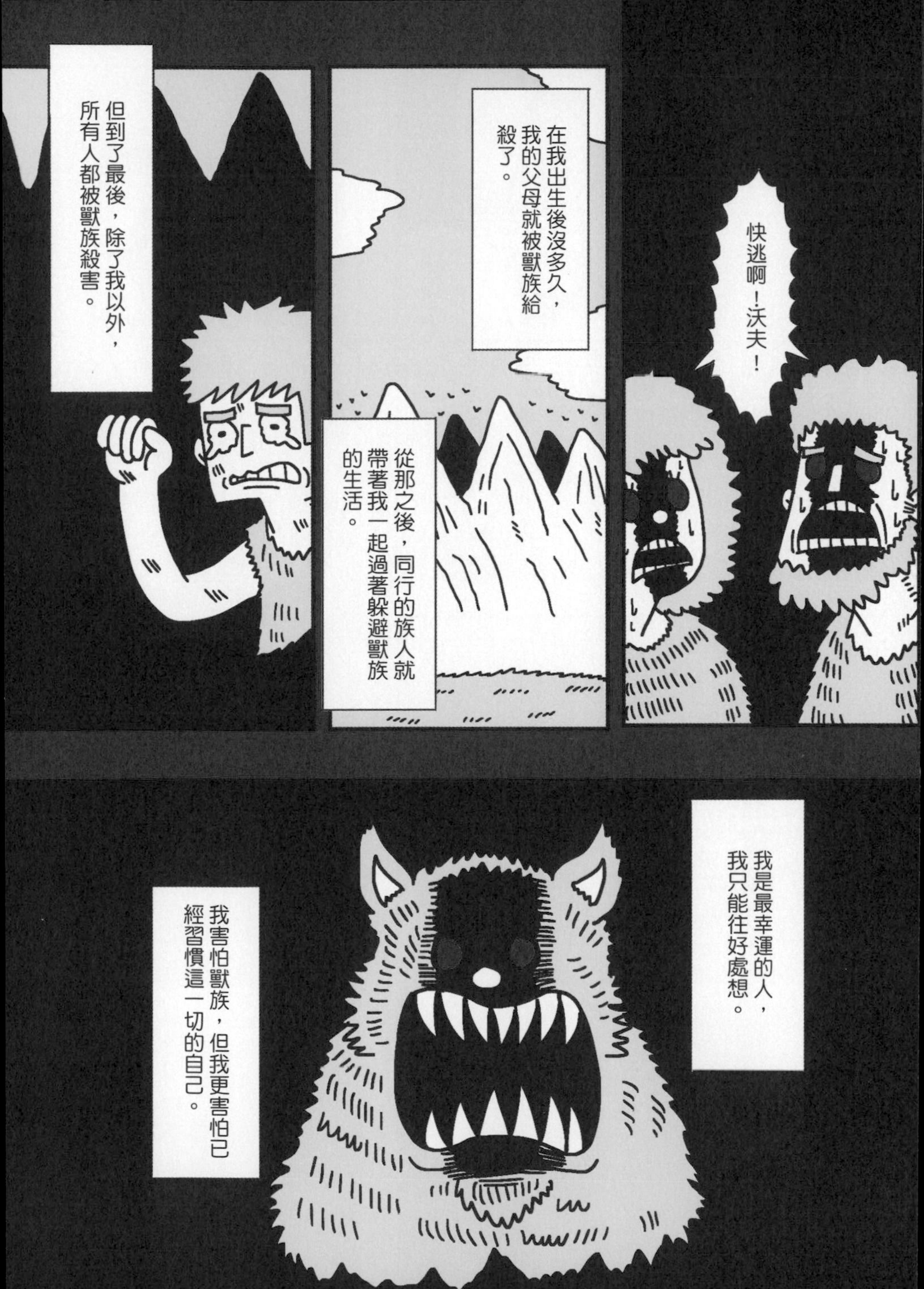
快逃啊！沃夫！
在我出生後沒多久，我的父母就被獸族給殺了。
從那之後，同行的族人就帶著我一起過著躲避獸族的生活。
但到了最後，除了我以外，所有人都被獸族殺害。
我是最幸運的人，我只能往好處想。
我害怕獸族，但我更害怕已經習慣這一切的自己。

漸漸的，對於同伴的死，我已經感覺不到痛苦，這樣的我，還能算是個人嗎？
但是，
但是啊……
萊恩和翠絲佛真的是我很重視的夥伴啊！
我們到底……
到底做錯了什麼啊?!
那你就快招啊！
沒錯，就快招吧！
沒關係，我還有更好的方法讓你招出來！

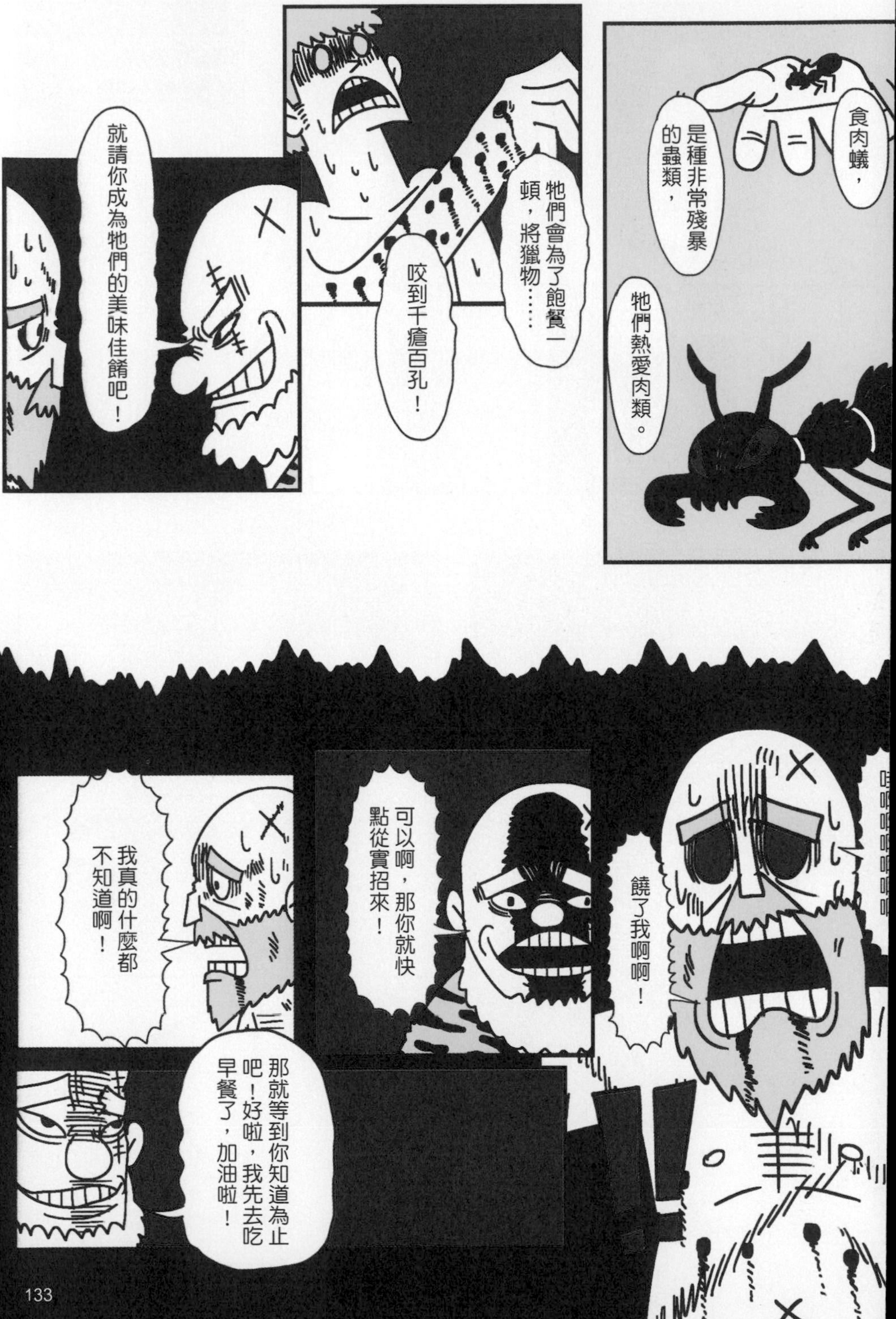
食肉蟻，是種非常殘暴的蟲類，
牠們熱愛肉類。
牠們會為了飽餐一頓，將獵物……
咬到千瘡百孔！
就請你成為牠們的美味佳餚吧！
饒了我啊啊！
可以啊，那你就快點從實招來！
我真的什麼都不知道啊！
那就等到你知道為止吧！好啦，我先去吃早餐了，加油啦！

翠絲佛……
妳正在作著好夢吧？
曾經說好……三個人之後要一起旅行的。
不過沒關係，我會帶著妳，
取下
去妳不曾去過的地方，看妳不曾看過的事物。
妳同意吧？
綁上
走吧，翠絲佛，
去找沃夫大人吧。

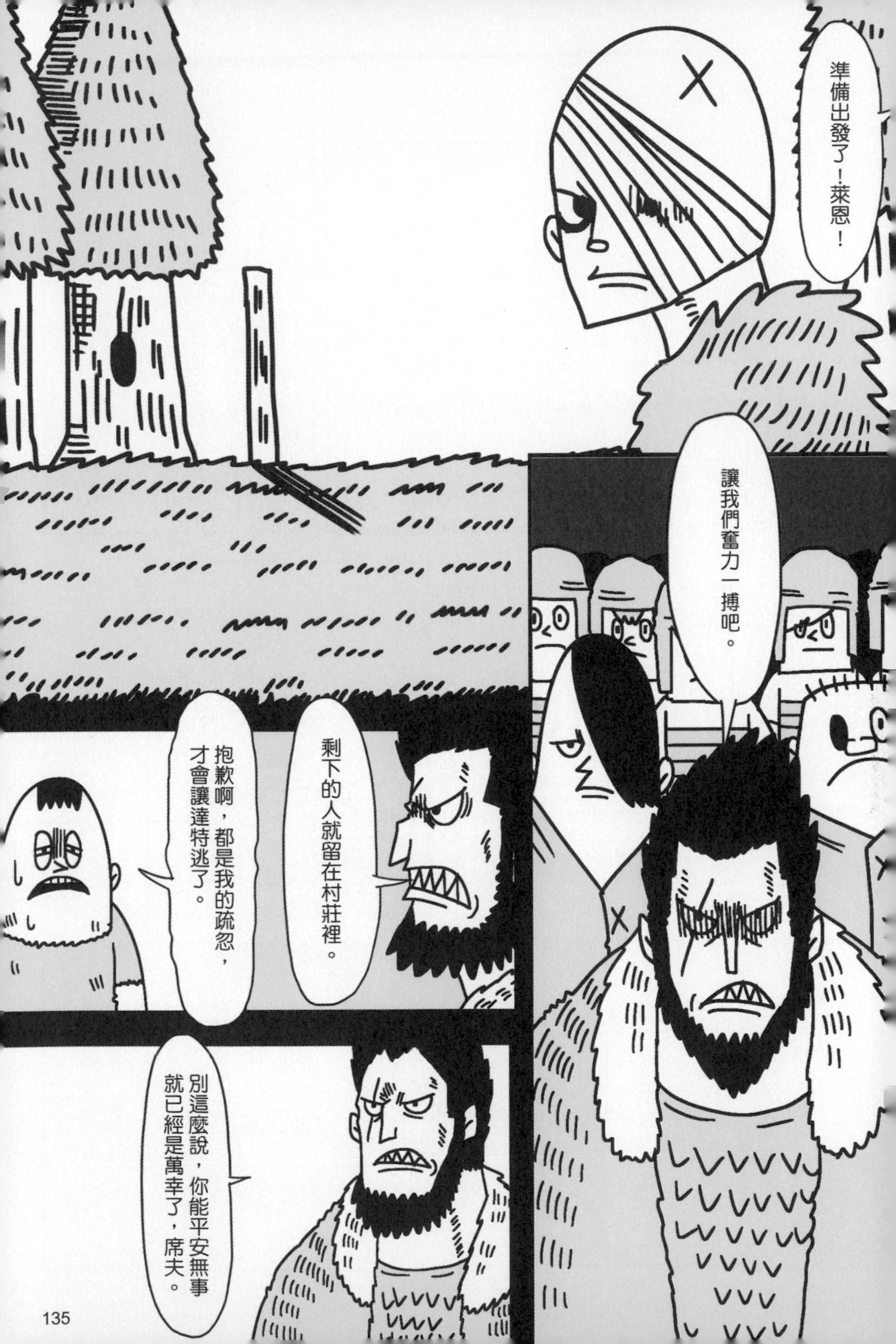
準備出發了！萊恩！
讓我們奮力一搏吧。
剩下的人就留在村莊裡。
抱歉啊，都是我的疏忽，才會讓達特逃了。
別這麼說，你能平安無事就已經是萬幸了，席夫。

熱火一點也不像剛和超大型獸族打鬥過，
他的身體是鐵打的嗎？怎麼能這樣若無其事？
不，事實上他的情況很糟糕，很多器官都已經受損了。
他現在能這麼有精神，全都是靠毅力吧……
是嗎……
果真是奮力一搏啊。
其爾貝。
我不在的時候，皮斯村就交給你了，請你好好照顧剩下的村民，謝謝了。
嗯，就交給我吧，熱火。
再見了。

抱歉啊，直到天亮都沒能讓他招出來。
不過我已經用了食肉蟻，他應該也撐不了多久了。
食肉蟻啊……想到就覺得噁心呢。
還是要問推爾呢？不過推爾應該什麼都不會跟我們說吧……
話說，到現在都還沒看到推爾呢。
似乎是呢。
他不會有事吧？還是他沒有成功的撤退呢？
這可不妙啊……
依他的個性是不會讓自己身陷危險的，何況他還有「寶物」啊！
也是……

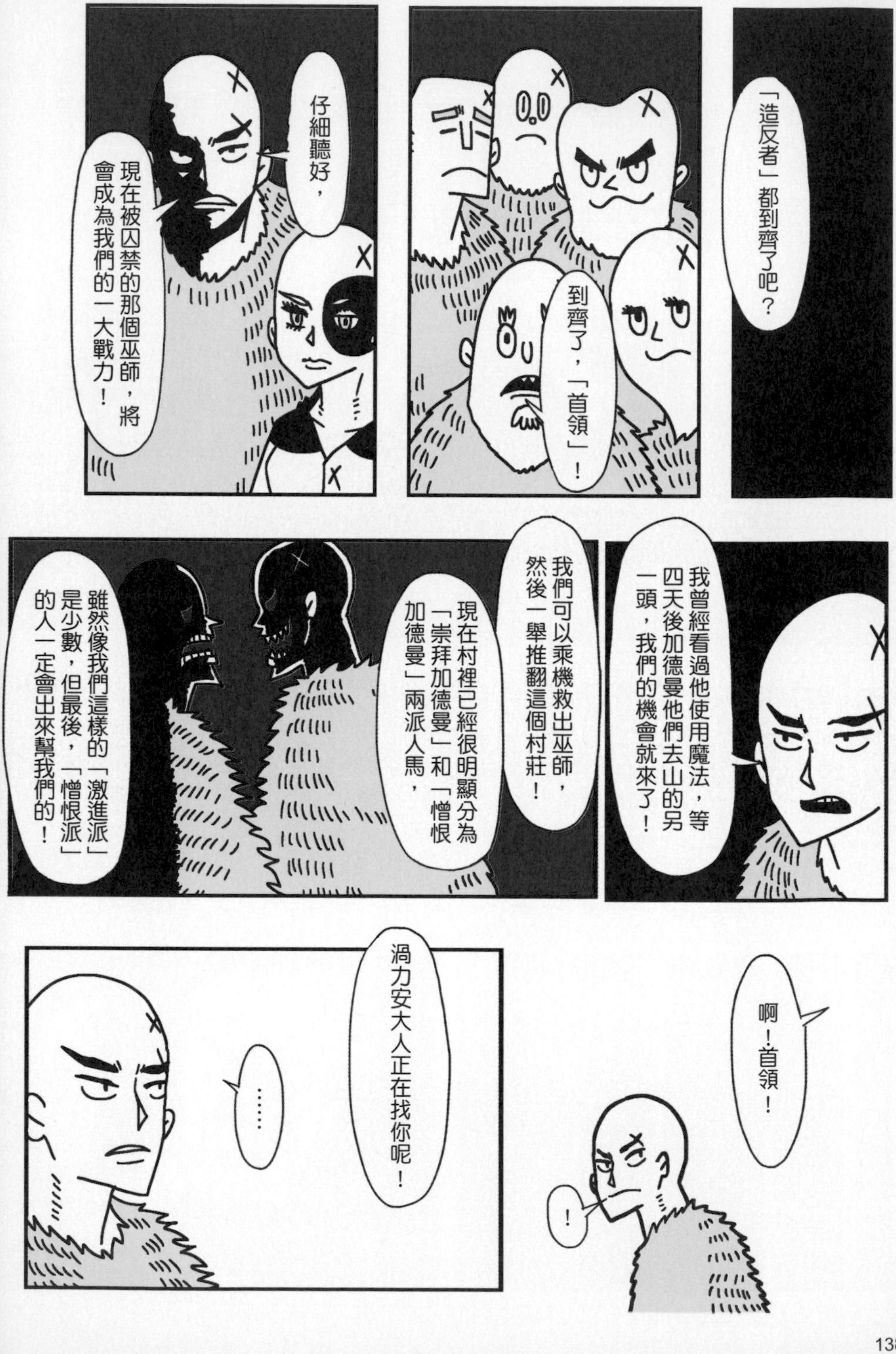
「造反者」都到齊了吧？
到齊了，「首領」！
仔細聽好，
現在被囚禁的那個巫師，將會成為我們的一大戰力！
我曾經看過他使用魔法，等四天後加德曼他們去山的另一頭，我們的機會就來了！
我們可以乘機救出巫師，然後一舉推翻這個村莊！
現在村裡已經很明顯分為「崇拜加德曼」和「憎恨加德曼」兩派人馬，
雖然像我們這樣的「激進派」是少數，但最後，「憎恨派」的人一定會出來幫我們的！
啊！首領！
！
渦力安大人正在找你呢！
……

第 33 話　每個人的心

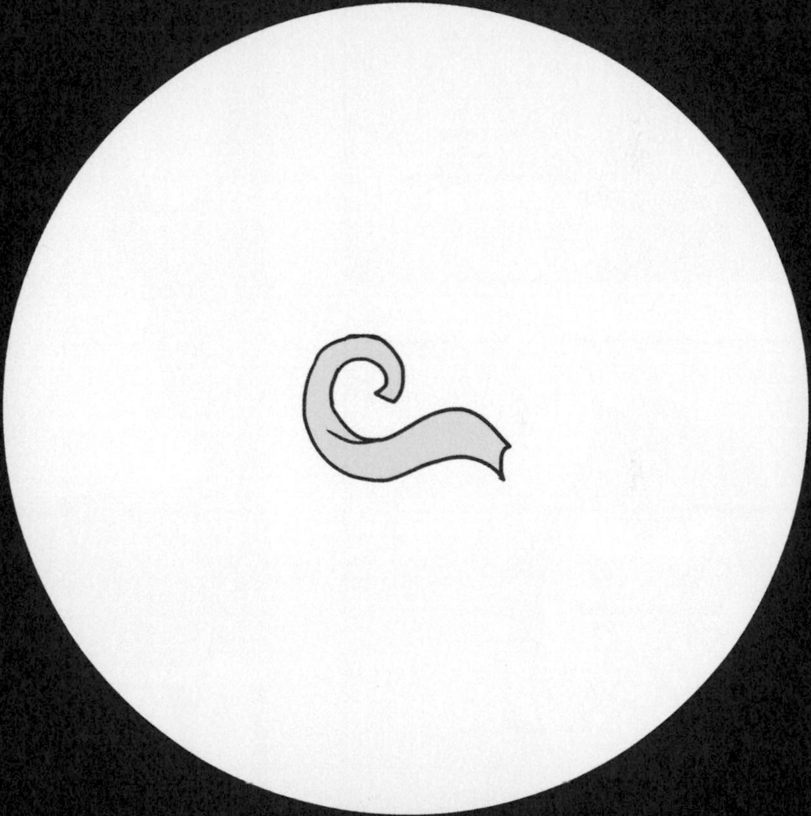

翠絲佛的緞帶：

翠絲佛平時綁在脖子上遮掩刀疤的緞帶。
她死後，萊恩將它綁在自己的左手腕上。

你已經一整天沒吃東西了，餓了吧？
這邊有個美味的好東西唷，
看啊，是你自己的手——烤巫師手！
吃吧、吃吧！
嗚哈哈哈……
咀嚼
咀嚼
好吃嗎？巫師先生。

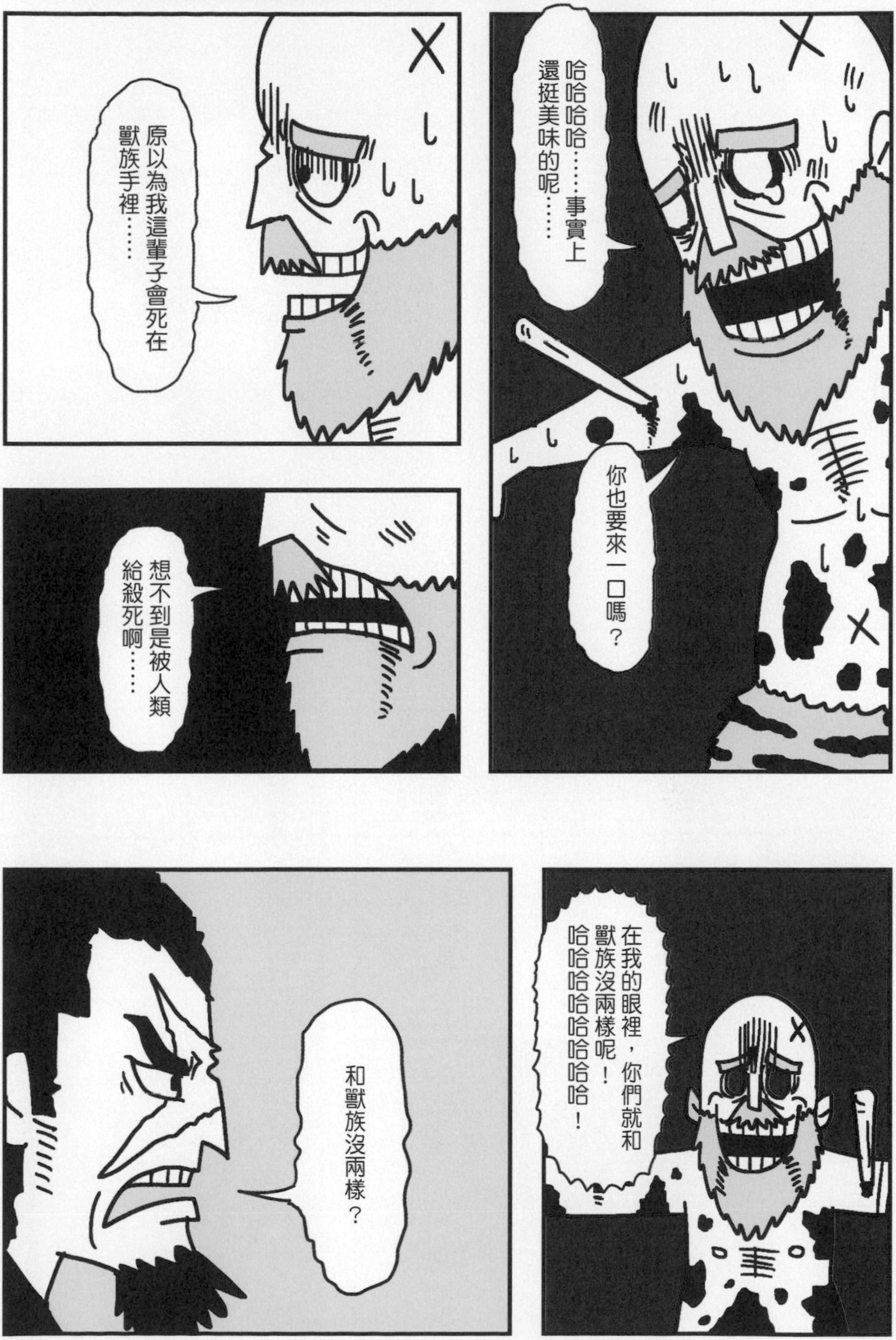
哈哈哈哈……事實上
還挺美味的呢……
你也要來一口嗎？
原以為我這輩子會死在
獸族手裡……
想不到是被人類
給殺死啊……
在我的眼裡，你們就和
獸族沒兩樣呢！
哈哈哈哈哈哈哈哈！
和獸族沒兩樣？

你可知道我為了從獸族手中保護人類，做了多大的犧牲嗎?!
保護……人類？
嘖……
加德曼，別說了，對他說這些也沒用。
我知道，是我一時衝動，你繼續拷問他吧。
保護人類是什麼意思？
獸族到底做了什麼？人類到底為何存在？
我不想這樣不明不白的死啊！我可是飽受獸族的威脅一輩子了啊！

不明不白？那你怎麼會拿著高等獸族的東西?!
那真的是我在地上撿到的啊！
開什麼玩笑！
在地上撿到嗎？哈哈哈哈……
繼續拷問吧，我先離開了。
嗯。

你要被賜名了？要成為幹部了？
今天嗎？好快啊！
是啊，今天下午就會舉行賜名儀式。
你們別大驚小怪，
即使如此，也不會對計畫有任何影響。
沒錯。
無論我有沒有成為幹部，都不會影響到我們原本的計畫。
四天後，就讓我們——
徹底推翻這個村莊吧！

我剛剛被那個巫師比喻成獸族了呢。
……
外人怎麼會懂。
是啊，唉！現在時常會想起以前的事呢。
哈哈哈，我們也到了這個年紀了啊！
這個年紀啊……
真是的……
三十五年前——

加德曼　十二歲
少主，您別再亂跑出去了！
您這樣會害老夫被村長大人罵的，別這樣啦！
哎呀，你這個老不死真是吵死了啊！
您竟然學會這樣頂嘴……
您真是長大了啊！老夫太感動啦！
嗚啊……真的好吵……
少主，請您回去吧，外面很危險的。
好啦，斯拜，
聽你的就是了。

老夫連自己的孫子都比不上了嗎？
閉嘴，爺爺。
兒子啊，你這樣亂跑到山洞外，爸爸會很擔心的……
你也太誇張了吧！不用那麼擔心啦！
我可是偉大的卡門村村長——忽曼大人的兒子啊！
竟然還會誇獎自己的爸爸偉大嗚嗚嗚嗚！爸爸好感動啊！
吵死了啦！

要記得啊，加德曼。
「卡門村」的意義重大。
就算我是擁有《先民的智慧》的管理員，也無法建造出這樣的村莊。
你知道為什麼嗎？
必須要有大家的協助才行。
沒錯，人類或許比獸族脆弱，但是人類可以團結一致！
「卡門村」的兩百位村民，
每個人的心都是連在一起的！
村長大人！戰士村的村長來了！

好久不見啊！忽曼老哥！
我帶了上等的好酒！
哈哈哈，歡迎歡迎！
我兒子已經接受洗禮了，他現在可是位真正的戰士！
過來吧！渦力安！
來了，老爸！待會這酒是要慶祝我成為戰士的吧？
渦力安！
加德曼。

第 34 話　不要害怕！

光頭村的造反者：

由一群不滿加德曼作風的村民組成的組織，
暗中盤算推翻加德曼的計畫。

這真是好酒啊！痛快！
拜託！這可是我自己釀的，當然是好酒啊！哈哈！
真希望這樣和平的日子能夠一直延續下去啊！
有你那個《先民的智慧》，我們會過得很好的！
不，我所擁有的《先民的智慧》只是一小部分。
這世界上還有太多我們不知道的事情了……
你說你一個人就可以同時殺死兩頭獸族？
拜託，我可是戰士耶！
沒有我打不倒的……
磅！
那是什麼聲音？

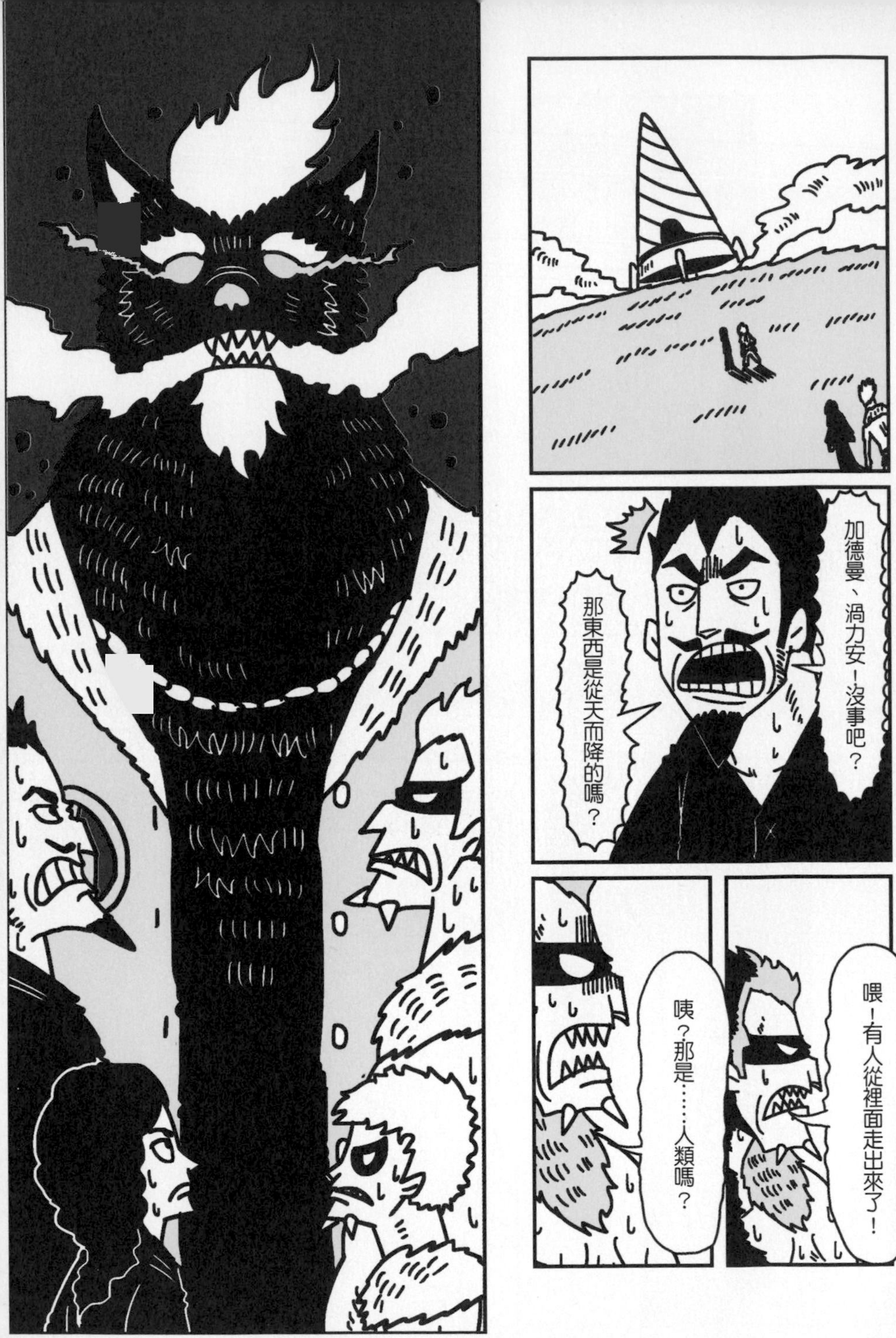
加德曼、渦力安！沒事吧？
那東西是從天而降的嗎？
喂！有人從裡面走出來了！
咦？那是……人類嗎？

是傳說中的高、高、高等獸族？加德曼、渦力安，你們快逃！
不要害怕！
你，是這邊的首領沒錯吧？我光聞就聞得出來！
呃……嗯！

我如果是你們的話，不會就愣在這邊不動，而是會很識相的邀請傳說中的「高等獸族」到村莊裡去坐坐才是！
怎麼能讓你這種怪物進去村莊！
就讓你看看人類的戰士有多麼強大吧！
想不到高等獸族真的存在於這個世界上呢……
聽得懂人話嗎？
別、別開玩笑了！

BOOM!!
你就……
哇啊啊啊啊啊啊啊！
你竟敢把老爸給……
……！
活下去，要忍耐……

要忍耐啊，渦力安。
……
當然！歡迎您來我們的村莊坐坐，高等獸族大人！
哼！還教得會嘛！
村長大人旁邊那位是……
怎麼會出現在這裡？
是傳說中的高等獸族？

你們都住在山洞裡？
是……是啊，比較安全嘛！哈哈哈！
你們的裝備也太可愛了吧！哈哈哈！值得收藏啊！
把這些骨董拿去網路上拍賣的話，一定會賣個好價錢！
啊，對了，我真是沒禮貌，都還沒自我介紹呢！
我的名字叫作賽伯拉斯，好啦！我就開門見山的說了！
我是新上任的區長，而這個「不毛之地」剛好也在我的轄區之內！
區長？不毛之地？什麼意思？

前幾任區長對這塊「不毛之地」一點興趣也沒有，所以完完全全沒有到此考察過，畢竟這邊什麼都沒有。
不過啊，我很有興趣喔！我可是很想在這邊找些樂子呢！
我待會慢慢跟你說明，總之呢……
對你們來說，可能不是件好事吧？
抱歉，我實在聽不太懂您的意思……
待續
To be continued !

下一集——

光頭村的過去逐漸明朗！更大的轉折將要來臨！

③

2015年11月隆重登場！

請加入我們光頭村的行列

加入光頭村，立即擁有一頂光頭！
光頭的好處，讓我們的會員來為您見證！
變成光頭以後，我都將洗頭髮的時間省下來做特訓，所以我現在才這麼強！
還不快來加入光頭村！

番外篇！

戰利品

你擊殺了皮斯村的村長安德，獲得了經驗值三百點。
你獲得了傳奇頭盔「安德的頭顱」。

W還活得好好的！

回到王城後，替我向你們的王轉告一聲。
W還活得好好的！
雖然現在說這個會有點煞風景……
但是你剛剛把我轟得有點耳鳴，我聽不太清楚！
我用寫的給你好了。
不好意思，麻煩你了。

艾曼露理髮廳

就讓我來幫你整理一下吧！
算是我對你的回報！
帥氣男主角頭！
落魄武士頭！
書呆子頭也很適合啊！

艾曼露理髮廳 2

不好意思，有點玩過頭了！
叛逆男兒頭！
浪漫公主頭！
別玩了！

我會帶著妳

曾經說好……三個人之後要一起旅行的。不過沒關係，我會帶著妳……
去妳不曾去過的地方，看妳不曾看過的事物。
不要亂揹墓碑！

烙印

滋滋
哇啊啊啊啊啊！
喵。
……喵？

巫師手

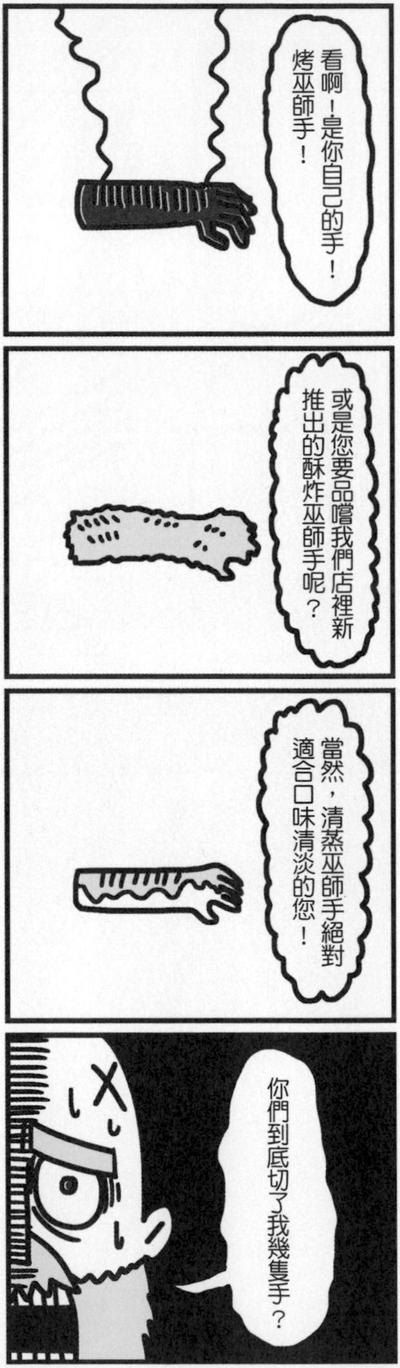

看啊！是你自己的手！
烤巫師手！
或是您要品嚐我們店裡新
推出的酥炸巫師手呢？
當然，清蒸巫師手絕對
適合口味清淡的您！
你們到底切了我幾隻手？

都這個時候了

啊，都這個時候了。
天都亮了啊。
每一次都這樣……
都要陪你這個無良老闆
熬夜到天亮！你當我沒
有自己的家庭要顧嗎？

說到出場的時間

翠絲佛啊啊啊啊

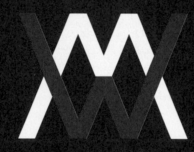

番外篇 II

可以改變世界的人

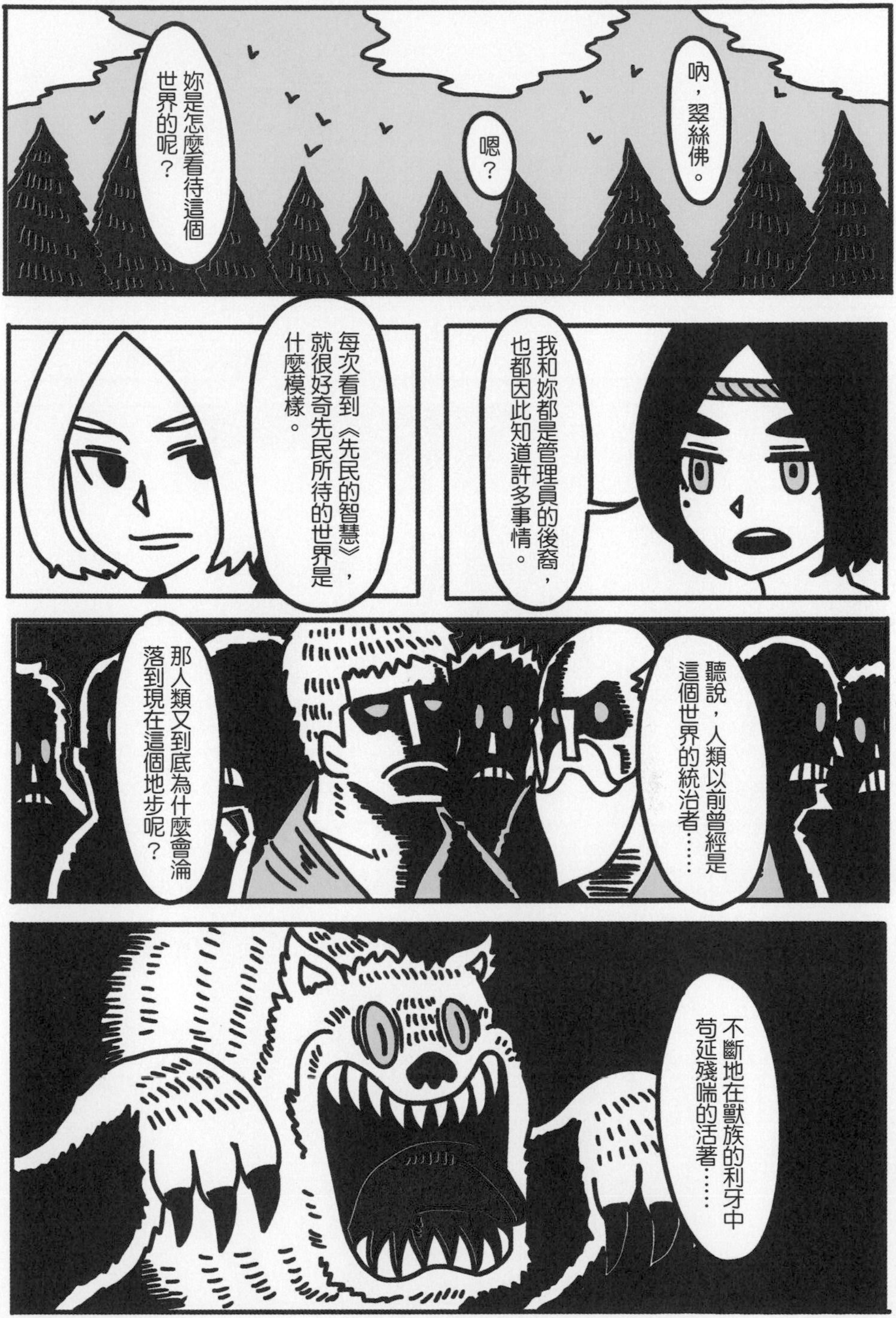
吶，翠絲佛。
嗯？
妳是怎麼看待這個世界的呢？
我和妳都是管理員的後裔，也都因此知道許多事情。
每次看到《先民的智慧》，就很好奇先民所待的世界是什麼模樣。
聽說，人類以前曾經是這個世界的統治者……
那人類又到底為什麼會淪落到現在這個地步呢？
不斷地在獸族的利牙中苟延殘喘的活著……

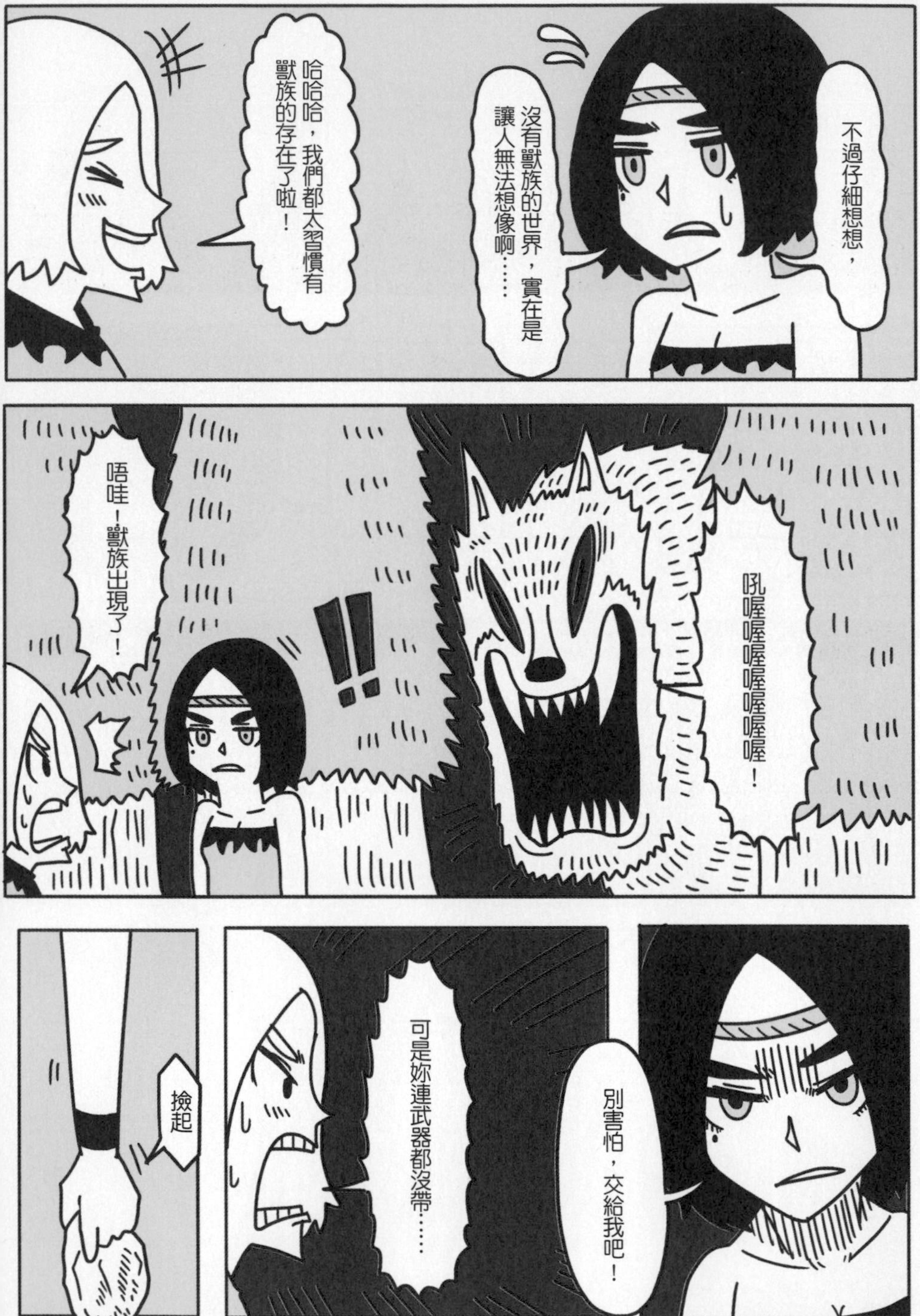
不過仔細想想，
沒有獸族的世界，實在是讓人無法想像啊……
哈哈哈，我們都太習慣有獸族的存在了啦！
吼喔喔喔喔喔喔喔！
唔哇！獸族出現了！
別害怕，交給我吧！
可是妳連武器都沒帶……
撿起

對付這種低等獸族，
用石頭就綽綽有餘了！
呀啊啊啊啊啊啊！
是啊……

即使再怎麼討厭獸族，我們也早已習慣牠了。
聽英格倫先生說，你們就快要離開鐵人村了吧……
嗯。
一定要再回來找我喔……翠絲佛……
嗯！

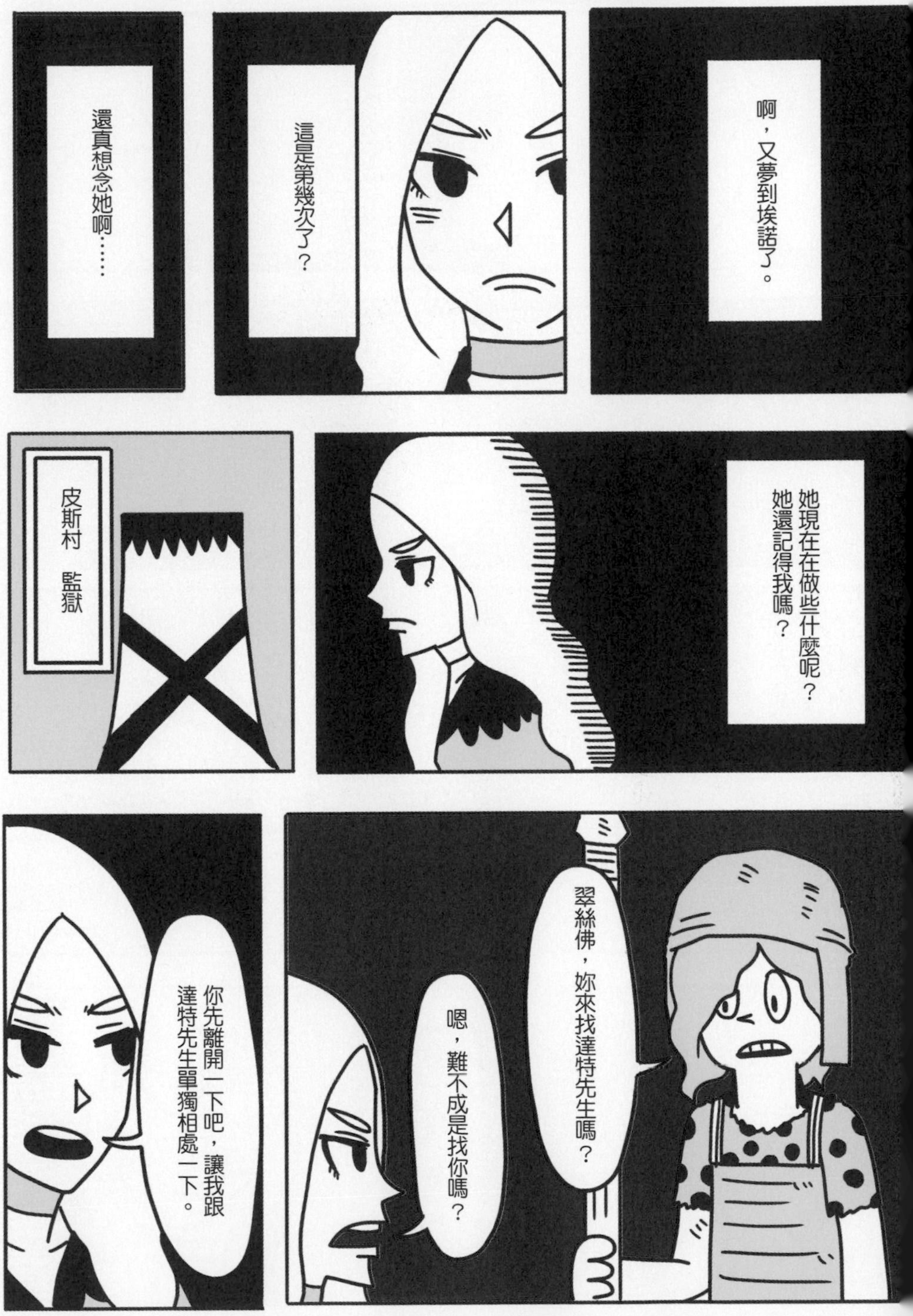
啊，又夢到埃諾了。
這是第幾次了？
還真想念她啊……
她現在在做些什麼呢？她還記得我嗎？
皮斯村 監獄
翠絲佛，妳來找達特先生嗎？
嗯，難不成是找你嗎？
你先離開一下吧，讓我跟達特先生單獨相處一下。

嗯……
那我先離開了。
嗯。
怎麼了，翠絲佛？
又作了什麼惡夢嗎？
倒沒有作什麼惡夢……
還是妳又對這個世界產生什麼樣的疑問了嗎？
嗯……

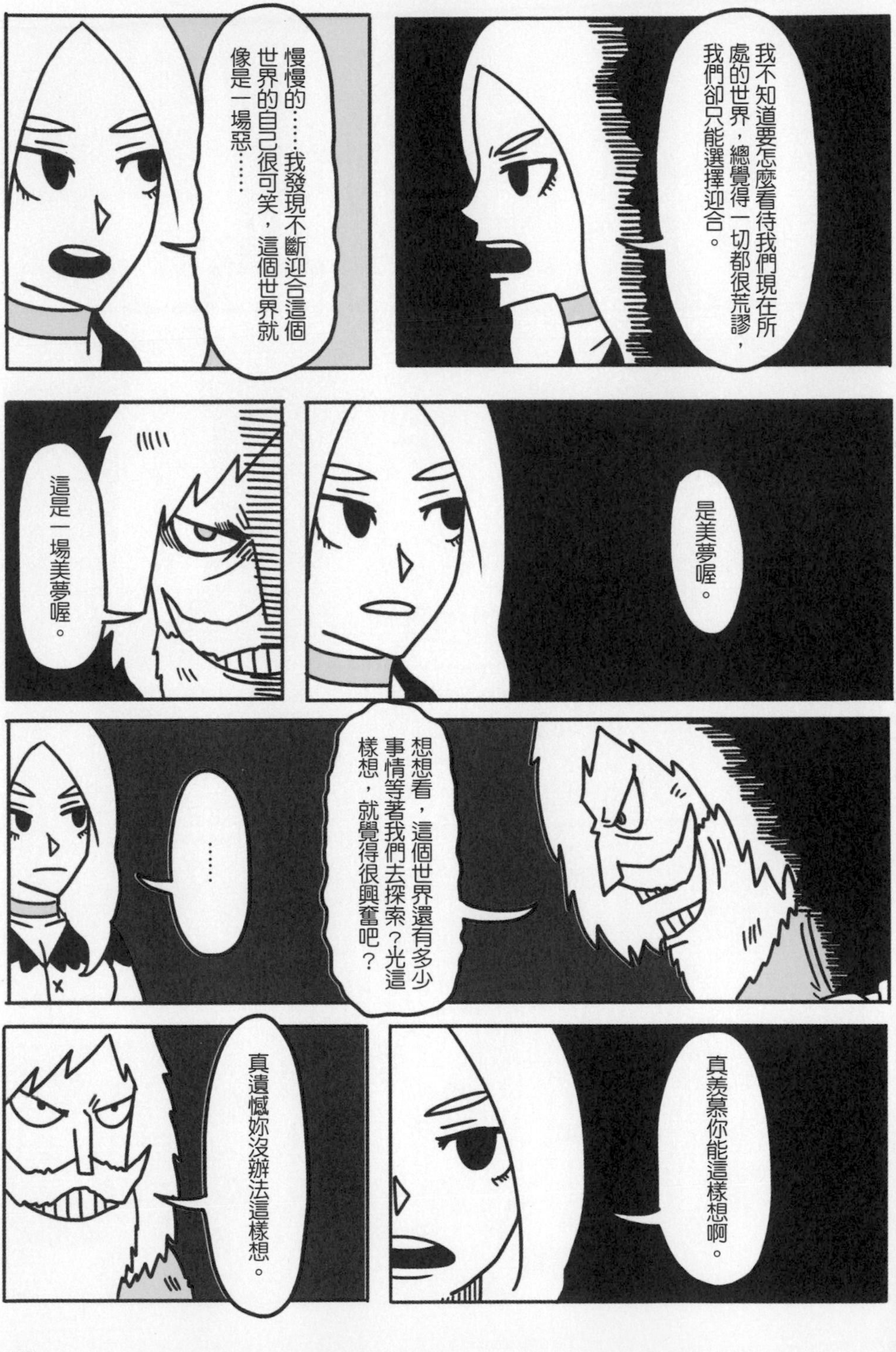
我不知道要怎麼看待我們現在所處的世界，總覺得一切都很荒謬，我們卻只能選擇迎合。
慢慢的……我發現不斷迎合這個世界的自己很可笑，這個世界就像是一場惡……
是美夢喔。
這是一場美夢喔。
想想看，這個世界還有多少事情等著我們去探索？光這樣想，就覺得很興奮吧？
……
真羨慕你能這樣想啊。
真遺憾妳沒辦法這樣想。

說不定，哪天就會出現改變這個世界的人啊……
改變妳眼中，那所謂「荒謬的世界」。
哼哼，我還真期待呢。
可以改變世界的人……
快來吧。

FUN系列 012

W ②

作 者—黃色書刊
主 編—陳信宏
責任編輯—尹蘊雯
責任企畫—曾睦涵
美編協力—我我設計工作室 wowo.design@gmail.com
董 事 長—趙政岷
總 經 理
總 編 輯—李采洪
出 版 者—時報文化出版企業股份有限公司
一〇八〇三 臺北市和平西路三段二四〇號三樓
發行專線—（〇二）二三〇六六八四二
讀者服務專線—（〇八〇〇）二三一七〇五・（〇二）二三〇四七一〇三
讀者服務傳真—（〇二）二三〇四六八五八
郵撥—一九三四四七二四 時報文化出版公司
信箱—臺北郵政七九至九九信箱
時報悅讀網—http://www.readingtimes.com.tw
電子郵件信箱—newlife@readingtimes.com.tw
時報愛讀者粉絲團—http://www.facebook.com/readingtimes.2
法律顧問—理律法律事務所陳長文律師、李念祖律師
印 刷—華展印刷有限公司
初版一刷—二〇一五年七月十七日
定 價—新臺幣二六〇元
⊙行政院新聞局局版北事業字第八〇號

國家圖書館出版品預行編目(CIP)資料

W/黃色書刊 著;
-- 初版. – 臺北市 : 時報文化, 2015.07-
面；　公分. -- (FUN ; 012)

ISBN 978-957-13-6317-2(第2冊 : 平裝)

855　　103027426

ISBN：978-957-13-6317-2
Printed in Taiwan

《W》（黃色書刊／著）之內容同步於comico線上連載。（www.comico.com.tw）